JN317406

官能アンソロジー

秘戯 X

(eXciting)

睦月 影郎
橘 真児
菅野 温子
神子 清光
渡辺やよい
八神 淳一
霧原 一輝
真島 雄二
牧村 僚

祥伝社文庫

目次

女教師の秘蜜

睦月影郎

著者・睦月《むつき》　影郎《かげろう》

『おんな秘帖』で時代官能の牽引役になり、その後も次々と作品を発表、今最も読者を熱くする作家の一人である。一九五六年神奈川県生まれ。作品に『やわはだ秘帖』『はだいろ秘図』『おしのび秘図』『寝みだれ秘図』『おんな曼陀羅』『はじらい曼陀羅』など。近著は『ほてり草紙』。

1

（さあ、今夜こそ決行しよう……！）

山尾治郎《やまおじろう》は、緊張に身震《みぶる》いしながら意を決し、自分のアパートを出た。

彼は二十三歳、新米の高校国語教師だ。

もう半年余り、男女共学校に通って教鞭を執《と》っているが、どうにも頼りない感じがあって生徒には舐《な》められている。

しかし、そんな山尾を叱咤《しった》しているのが、先輩教師の黛《まゆずみ》恵理子《えりこ》だった。彼女は二十五歳の独身。一年生の担任を持ち、山尾はその副担任だった。

恵理子は英語教師、颯爽《さっそう》とした長身の美女で、男子の悪ガキたちも一目置くほどの美貌と貫禄があった。もちろん大部分の男子生徒は、恵理子の面影でオナニーしていることだろう。

もちろん山尾も同じだった。

彼は、まだファーストキスも知らない童貞である。勉強に夢中で、青春時代をろくに味わっていなかった。

だから今の男子生徒の方が、彼よりずっと進んだ体験をしていることだろう。

とにかく山尾は、恵理子に憧《あこが》れ、誰もいない職員室で彼女の椅子のクッションに顔をうずめたり、廊下ですれ違うときの風を吸い込んだりするほど熱烈に片思いしていた。

しかし恵理子は、先輩教師として彼に助言するだけで、全く個人的には興味を抱いてくれないようだ。それどころか、頼りない山尾を男とさえ見ていないようなほど、辛辣《しんらつ》な叱《しっ》責《せき》をしてくることもあった。

「そんなことだから生徒にバカにされるのよ。教師なんて辞めてしまいなさい!」

きつい眼差しで言われ、その夜のオナニーは燃えた。確かに、女王様と奴隷という構図ならピッタリなのである。

それでも山尾は、恵理子を犯す計画を立ててしまった。実際には恵理子にリードされ、女体というものを教えて欲しいのだが、それは望めないだろう。

それならば、自分から積極的に恵理子を凌辱《りょうじょく》してしまうしか、彼女に触れる方法はないのだった。

それで計画を立て、不登校になっている生徒の家庭訪問をした報告をしに、彼女のハイツまで訪ねることにしたのだった。

夜分に訪ねるのは警戒されるかもしれないが、生徒の家の帰り道に寄ったという口実を考えた。もとより彼女は、山尾のことなど相手にしていないし、玄関で帰ると言えば、ドアを開けてくれるだろう。

そのときに、用意したスタンガンで脅《おど》し、ロープで縛《しば》って完遂させればよい。ビデオに撮っておけば訴えられないだろうし、正直にお願いすれば、万一、諦《あきら》めて手ほどきする方向に展開してくれるかもしれない。

もちろん一度きりで終わっても構わない。あとは撮った映像で熱烈にオナニーすればよいのだ。

彼はロープとスタンガン、デジタルビデオカメラをバッグに入れ、緊張しながら恵理子のハイツに到着した。午後六時半だ。

彼女の部屋は一階の角にあった。すでに下見は済ませてある。

山尾は指を震わせながらスタンガンの準備をし、深呼吸してチャイムを鳴らした。

しかし、窓から灯りは洩れているのに応答がない。そのうえ中でバタバタと物音がしているではないか。

気になり、彼はドアを迂回《うかい》して窓の方へと行ってみた。そこは狭い通路になっていて、低い塀の向こう側は空き地だった。

すると、開け放された窓からいきなり男が飛び出て、塀を乗り越えるや否や、一目散に空き地を横切って逃げていったのである。

（うわ……！　な、何だ……？）

山尾は驚いて立ちすくんでいたが、静寂が戻ると、恐る恐る開けっ放しの窓から中を覗《のぞ》き込んだ。

すると、ベッドに恵理子が縛り付けられているではないか。どうやら強盗でも入って恵理子を縛《いまし》め、物色しているところへチャイムが鳴ったので、慌《あわ》てて犯人が逃げていったのだろうか。

それにしては念入りに縛り、目隠しと猿轡《さるぐつわ》までしている。しかも恵理子は大の字、と言うよりX型に両手両足をベッドの四隅に固定されていたのだ。

これは強盗ではなく、明らかに犯そうという目的もあったのだろう。

何と、同じ目的の犯人がいたのである。間一髪、山尾はそれを救ったことになってしまった。確かに山尾自身、恵理子をこのようにしようと思っていたが、いきなりチャイムが鳴れば、やはり同じように逃げ出したことだろう。

山尾は、僅《わず》かな時間に目まぐるしく考えた。

助けに入って恵理子の縛めを解けば、感謝されるだろう。しかし、セックスに発展する可能性は少ない。

長い時間をかければ好意が芽生えるかもしれないが、今は恵理子も非日常の仕打ちに震え上がっていることだろう。

それならば、何もかも今の犯人がしたことにし、山尾は便乗してしまおうと決意した。

窓から侵入し、サッシを閉めて内側から施錠した。玄関のロックも確認してから、彼は不要になったスタンガンをしまい、バッグからデジタルビデオカメラを取り出し、スイッチを入れてベッドに向けた。

「ウウ……！」

恵理子は身動きできず、何が起きているかも分からずもがいていた。

手拭いで目隠しされ、セミロングの黒髪が乱れている。形良い鼻が荒い呼吸を繰り返し、嚙《か》んでいる猿轡の手拭いには、しっとりと唾液が染み込んでいた。

ブラウスの胸が開かれ、パンストはビリビリに裂かれていた。まさに、あと少し遅れたら凌辱されていたことだろう。

もっとも恵理子にしてみれば、同じ結果になるのだが、見知らぬ犯人より山尾の方が優しく扱うつもりだった。

山尾は、室内に籠《こ》もる甘ったるいフェロモンに激しく興奮した。何しろ、彼女を拘束するという最も大変な作業をしなくて済み、無駄な体力を使わなかったのだから、欲望への切り替えは早かった。

部屋はワンルームタイプ。ベッドは窓際で、あとは学習机と本棚、テレビにテーブル、キッチンなどだった。

山尾は気づいて靴を脱ぎ、さらにシャツとズボンも脱ぎ去り、そのうえ下着も下ろして全裸になった。彼女が目隠しされているので、ためらいはなかった。

もう、このうえ誰かが来ることはないだろう。犯人は通報を恐れて、二度とここへは戻ってこないはずだ。

山尾は恵理子に迫り、パンストが裂かれてナマ脚の覗いている下半身に顔を寄せた。声さえ出さなければ、こちらの正体は分からないだろう。

彼はまず爪先に鼻を押し当て、繊維の隅々に籠もった汗と脂《あぶら》の匂いを嗅《か》いだ。そして完全にパンストを裂いて取り去り、素足にも鼻を埋め、舌を這《は》わせた。

まだ着替えてもいないので、帰宅して間もなかったのだろう。指の股はジットリと湿り、蒸れた匂いが馥郁《ふくいく》と籠もっていた。

足裏を舐め、綺麗な桜色の爪をしゃぶり、順々に指の間に舌を割り込ませていった。

「ンンッ……！」

恵理子が呻《うめ》き、縛られている足首を動かして反応した。

山尾は左右の足裏と指の股を全て舐め回し、味と匂いが消え去るまで堪能した。

そして左右に開かれたブラウスの奥にあるブラをずらし、形良い、見事な巨乳を露出させていった。

2

（うわ、なんて色っぽい……！）

山尾は、目の前いっぱいに広がる膨らみに目を見張った。

前から巨乳とは思っていたが、こうしてナマ乳を見ると、そのボリュームに圧倒されそうだった。

乳首と乳輪は綺麗な薄桃色で、胸元はジットリと汗ばんでいた。乳首に吸い付いて顔全体を柔らかな膨らみに押しつけると、

「く……！」

恵理子が呻き、今までブラウスの内に籠もっていた甘ったるい汗の匂いが、ふんわりと生ぬるく立ち昇った。

山尾は夢中になって乳首を舌で転がし、もう片方にも強く吸い付いていった。

さらに胸元に滲《にじ》む汗を舐め、乱れたブラウスの内部に顔を潜《もぐ》り込ませ、さらに濃厚な体臭を籠もらせている腋《わき》の下にも鼻を押しつけて舌を這わせた。

腋は剃り跡のざらつきもないほどスベスベで、濃いフェロモンが馥郁と彼の鼻腔を刺激してきた。

彼は充分に乳房と腋を愛撫し、さらに白い首筋を舐め上げ、猿轡の上から彼女の唇を舐めた。鼻から洩れる息はひんやりとしてうっすらと甘く、さらに唾液に湿った猿轡をずらし、口から洩れる息を嗅ぐと、それは熱く湿り気を含んで、果実のように甘酸《あまず》っぱい芳香がした。

しかし嚙み切られるといけないので、それ以上舌を差し入れることはしなかった。

やがて山尾は再び彼女の肌を舐め降り、完全にスカートをめくりあげ、白いショーツに指をかけて引き下げていった。

もちろん脚が大股開きのまま固定されているので、完全に脱がせてしまうわけにいかない。山尾はテーブルにあったハサミを取りに行って戻り、下げたショーツを切り裂いて取り除いた。

単なる布切れと化したショーツを広げてみると、うっすらと中心部が湿っていた。鼻を埋めると、繊維の隅々には濃厚な美人教師のフェロモンが染みついていた。

やがてショーツを捨て、彼は生身の股間に顔を迫らせていった。

黒々と艶《つや》のある茂みが股間の丘にこんもりと煙り、ワレメからはピンクの花びらがはみ出していた。大股開きのため、それが僅かに開いて奥の柔肉が覗いていた。

彼はビデオカメラを手にし、さらに指で陰唇を左右に広げ、内部をアップで撮った。

それからまたカメラを置き、恵理子のワレメに専念した。

息づく膣口の回りにある襞《ひだ》は、ネットリとした蜜に潤っていた。感じて濡れているわけもないから、あるいは暴虐に際し、殺菌作用のある愛液を出し、さらには潤滑油で苦痛を和らげようという準備をしているのかもしれない。

実に、女体とは神秘なものだと思った。

とにかく山尾は、初めて目の当たりにする生身のワレメに目を凝らした。

膣口の少し上には、ポツンとした小さな尿道口も確認でき、さらに上の方には真珠色の光沢を放つクリトリスも、包皮の下から顔を覗かせていた。

やはり裏ビデオなどで見るのとは違い、憧れの女性のものは美しいと思った。

それに顔の左右には白くムッチリとした内腿が広がり、股間全体には生ぬるい熱気と湿り気が馥郁と籠もっているのだ。

もう我慢できず、彼は濃厚なフェロモンに誘われて、恵理子の中心部にギュッと顔を埋め込んでいった。

「ウウッ……！」

茂みに鼻をこすりつけ、ワレメに舌を這わせると、恵理子がビクッと顔をのけぞらせて呻いた。

柔らかな恥毛の隅々には、何とも甘ったるい汗の匂いが籠もり、さらに下の方にはオシッコの匂いも感じられた。

山尾は美女の生の匂いに感激し、犬のようにクンクン鼻を鳴らしながら恵理子のフェロモンを吸収し、陰唇の内側に舌を差し入れていった。

柔肉はトロリとした淡い酸味の蜜に濡れ、細かに入り組む襞の舌触りが心地よかった。

そしてクリトリスを舐め上げると、

「ク……！」

恵理子が息を呑み、下腹をヒクヒクと波打たせた。

山尾が執拗《しつよう》にクリトリスを吸い、舌先で弾くように舐めると、愛液の量が格段に増してきた。やはり相手が誰か分からなくても、ここを刺激されると否応なく反応して濡れてしまうのだろう。

山尾はクリトリスを舐めては、新たに溢《あふ》れた愛液をすすり、美女の味と匂いを存分に堪能した。

そして腰を浮かせるようにしながら真下に潜り込むと、白く丸いお尻の谷間に触れた。鼻を潜り込ませていくと、顔中に双丘がひんやりと密着して弾んだ。

谷間の奥には、可憐なピンクの肛門がキュッと閉じられ、鼻を押し当てると、秘めやかな微香が感じられた。どうやら、洗浄器のない校内のトイレで用を足したのだろう。

美女のナマの匂いに山尾は激しく興奮し、細かな襞に舌を這わせた。そして充分に濡らしてから舌先を押し込み、ヌルッと舌滑らかな粘膜まで味わった。

そして前も後ろも存分に味わってから彼は身を起こし、もう待ちきれずに屹立したペニスを押し進めていった。

本当はおしゃぶりしてもらいたいが、やはり嚙まれると困るので、幹に指を添え、亀頭をワレメにこすりつけてヌメリを与えた。

そして見当をつけて先端を押しつけると、ヌルリと潜り込むので、そのまま挿入していった。

たちまち肉棒は、ヌルヌルッと滑らかに吸い込まれてゆき、柔襞の摩擦で危うく漏らしそうになってしまった。

何とか堪えて根元まで貫き、股間を密着させながら両脚を伸ばし、身を重ねていった。

胸の下では巨乳が押し潰されて心地よく弾み、ペニス全体は熱く濡れた柔肉にキュッと締め付けられた。

とうとうセックス初体験をしたのだ。

山尾は感激と快感に包まれ、猿轡越しに感じられる恵理子のかぐわしい吐息を嗅ぎながら、ズンズンと勢いをつけてピストン運動を開始した。

潤滑油があるので動きは滑らかで、山尾はもっと長く楽しみたいと思ったが、あまりの心地よさに、あっという間に絶頂に達してしまった。

「う……！」

声を悟られないように短く呻き、全身にオルガスムスの快感を受け止めた。

股間をぶつけるように荒々しく動き、熱い大量のザーメンをドクンドクンと勢いよく内部にほとばしらせた。

何という快感だろう。やはり一人でオナニーするのとはわけが違った。女体と一つになり、温もりを分かち合って得る絶頂こそ最高なのだと分かった。

やがて最後の一滴まで、彼は心おきなく出し尽くした。そして満足げに動きを止めて柔肌に体重を預け、恵理子の温もりと甘い吐息を感じながら、うっとりと快感の余韻を味わった。

呼吸を整えると身を起こし、股間を引き離した。そしてもう一度ビデオカメラで彼女の全身やワレメの様子を撮ってからスイッチを切り、バッグにしまったのだった。

3

（とうとうやってしまった……）

山尾は感慨を込めて思った。

本当なら続けて何度でも射精したいほど欲求は溜まっているが、一度目の射精を終えて激情が過ぎ去ると、急に怖くなってきてしまったのだ。

とにかく服を着て、玄関に靴を回した。窓から出ると、今度は誰かに見咎《みとが》められるかもしれない。

そして、恵理子もこのままでは餓死してしまうので、右手の縛めだけ解いてやった。そうすれば、あとは自分で左手や両足のロープを解くことが出来るだろう。

実際、恵理子はすぐにも自由になった右手で目隠しを取り外しにかかっていた。

見られないように、山尾はバッグを持ち、靴を履いて急いでドアから飛び出していった。

あとはアパートへ戻り、撮った収穫物を見ながら、もう一度オナニーすればいい。

（いや、待て……）

それでは、今後とも恵理子との関係は、今の状態のままではないか。

今夜こそ、さらに彼女と親しくなれるチャンスなのである。長い時間が経ったかと思われたが、今は、夜七時半過ぎだった。まだ、訪ねるのに遅すぎるという非常識な時間ではない。

何食わぬ顔で、いま初めて訪問したという演技は可能だろう。まして彼女の方は、パニックに近い精神状態だろうし、よもや日頃から頼りないと思っている山尾がレイプしたなど、夢にも思わないだろう。

とにかく家庭訪問の結果報告という名目で訪ね、彼女の様子が変なので事情を聞いて慰《なぐさ》めてやろう。

もちろん通報しようとしたら止めた方が良い。最初の犯人がうまく捕まっても、彼は行為にはおよんでいないし、彼女の体内には山尾のザーメンが残っているのだ。

戻るのは大変な勇気を要するが、犯人に便乗したとはいえ、彼は計画を完遂したのだから自信もついていた。

やがて彼は引き返し、もう恵理子が手足の縛めを解いて落ち着いた頃だろうと見計らって、チャイムを鳴らした。

「どなた……」

今度は、すぐに恵理子の声が返ってきた。

「あ、山尾です。家庭訪問の帰りなので、ついでと思い報告に。ご迷惑なら帰ります」

「いいわ、入って。開いているわ」

恵理子が中から答えてきた。確かに、山尾がこのドアから出て、ロックもしていないのである。

「じゃ、失礼します」

そっとノブを回してドアを開けると、恵理子はブラウスとスカート姿、ナマ脚のままで洗面所にいた。

どうやら、バスタブに湯を張っていたところのようだ。

「え？　どうかなさいましたか」

山尾は、ベッドや床に散らばっているロープやパンストの残骸を見て言った。

「いいのよ、上がって。そこをロックして」

言われて、山尾は恐る恐るドアを内側からロックし、出てきたばかりの部屋に上がり込んだ。

「ちょうどお風呂に入るところだったのだけれど」

「それは失礼しました。何なら明日学校で」

山尾は、意外なほど恵理子が落ち着いていることを訝《いぶか》しく思った。

「ううん、一緒に入る？」

「え……？」

山尾は、何を言われたか分からなかった。

「さあ、脱いで。早く！」

恵理子が言い、先に自分からブラウスとスカートを脱ぎ去ってしまった。ブラはつけず、さっきのままノーパンだから、たちまち恵理子は一糸まとわぬ全裸になった。

（い、いったい何が起きているんだ……？）

山尾は混乱し、わけが分からず立ちすくんでいた。

すると全裸の恵理子が迫り、彼のシャツとズボンを脱がせはじめた。山尾はじりじりとベッドまで後退し、とうとう最後の一枚まで脱がされると、そのままベッドに押し倒されてしまった。

恵理子が添い寝し、やんわりとペニスを握ってくる。

「まだ余りのザーメンが残っているわね」

恵理子が囁きながら、指の腹でヌラヌラと尿道口をこすった。確かに、まだザーメンが残り、亀頭も彼女の愛液に湿ったままだった。

「な、何のことですか……」

「ビデオだけは、消去してくれないと困るわ」

恵理子が耳元で囁き、その間も指の愛撫が続いているから、彼自身は完全に回復して、ピンピンに張りつめた。

「い、いったい……」

「目隠しされても、隙間から君の顔が見えていたの。バッグの中にあるビデオカメラが証拠だわ」

「そ、そんな……」

山尾は目の前が真っ暗になり、混乱にわけが分からなくなっていた。ここで力ずくで、再び彼女を犯そうという発想にはならなかった。縛めを解かれた彼女の方が長身だし、それ以前に美しい目で射すくめられて気持ちも萎縮していた。

「いい？　一回きりで帰ってはダメよ。とことん私を満足させなさい。そうすれば、警察には言わないでいてあげる」

恵理子は囁《ささや》きながら、彼の耳朶をカリッと噛み、そのまま移動してピッタリと唇を重ねてきた。

「ウ……！」

いきなり唇が重なり、山尾は小さく呻いて全身を硬直させた。

すぐに、ヌルッと恵理子の長い舌が侵入し、甘酸っぱい吐息が鼻腔を心地よく満たしてきた。さっきは、したくても果たせなかったディープキスを、今は恵理子の方から行なってくれたのである。

山尾もチロチロと舌をからめ、滑らかな感触と、生温かくトロトロと注がれる唾液でうっとりと喉を潤した。

恵理子はことさら大量の唾液を垂らしてくれ、その間もニギニギと指でペニスを愛撫していた。

「う……、も、もう……」

高まると、山尾は降参するように口を離して言った。

「そう、何度でも出来るのに、一回で逃げ出すなんて……」

恵理子は言い、ようやくペニスから指を離してくれた。そして彼の首筋を舐め下り、乳首を嚙み、腹を舌でたどって、とうとう熱い息を彼の股間に吐きかけてきた。

「ああッ……！」

先端を舐められ、山尾は感激に喘いだ。

恵理子は嚙みつくようなこともなく、丁寧に舌先で先端を舐め、尿道口から滲む粘液をすすってくれた。

さらに張りつめた亀頭を舐め、幹をたどって陰嚢もしゃぶり、二つの睾丸を舌で転がしてから、再び舌先でツツーッと幹の裏側を舐め上げてきた。

そして先端に達すると、今度は丸く開いた口でスッポリと喉の奥まで呑み込み、温かく濡れた口腔をキュッと引き締めてくれた。

内部ではクチュクチュと舌が蠢《うごめ》き、熱い息に恥毛がそよいだ。たちまちペニス全体は、温かく清らかな唾液にどっぷりと浸り、急激に絶頂が迫ってきた。

やがて恵理子は顔全体を上下させ、リズミカルにスポスポと口で摩擦しはじめた。

もう堪らず、山尾は二度目の絶頂を迎えてしまった。

4

「アア……、い、いく……！」

快感に包まれて口走りながら、山尾はドクンドクンとありったけのザーメンを美人教師の口の中に噴出させてしまった。

「ンン……」

恵理子は喉の奥に受け止めながら小さく鼻を鳴らし、口の中がいっぱいになると、小刻みに喉の奥へ流し込んでくれた。

（ああ……、飲まれている……）

恵理子の喉がゴクリと鳴るたび、口の中が締まって、感激とともにダメ押しの快感が突き上がった。

やがて最後の一滴まで吸い出され、山尾は魂まで抜かれたようにグッタリとなった。

恵理子も全て飲み干すと、ようやくチュパッと口を離し、まだ余りの滲む尿道口にヌラヌラと丁寧に舌を這わせてくれた。

「あう……」

その刺激に、射精直後で過敏になった亀頭が反応し、彼は呻きながら腰をよじった。

やっと舐め尽くすと恵理子は顔を上げ、添い寝してきてくれた。

山尾は巨乳に頬を当て、腕枕してもらって温もりと匂いに包まれながら、うっとりと快感の余韻を味わった。

恵理子が怒っている様子はないし、今夜これからもっと頑張れば訴えられることもないだろうと思った。

そして呼吸を整えると、彼は疑問を口にしてみた。

「いったい、どういうことなのです。最初の男は、あれは暴漢ではないのですか……？」

「あれは、数学の吉野《よしの》先生よ」

「え……？」

言われて、山尾は目を丸くした。

数学教師の吉野孝一《こういち》は、四十歳の妻子持ちだ。しかも校内では新米の山尾以上に頼りなく、生徒にバカにされているダサイ中年男ではないか。

「そんな、彼が思いきって貴女を襲いに？」

「ううん、あれはプレイよ」

「……？？」

恵理子が言っても、山尾にはピンと来なかった。

「じゃ、吉野先生は、愛人……？」

「ええ、そろそろ別れようとは思っていたけれど。彼も奥さんが怖いらしく、そろそろバレるのじゃないかとドキドキしていたようだから」

「そ、それで……？」

「私は頼りないダメ男を苛《いじ》めるのが好き。でも今日は、そろそろ別れ話も出ているから、趣向を変えて私が受け身になるレイプごっこをしようと提案したの」

「それで、縛らせて、目隠しと猿轡を……」

「そう。でも手加減していたから目隠しも隙間から、全部見えていたわけ。しかもチャイムにビビって逃げ出してしまったから、もう付き合う気はないわ」

「どうしてチャイムに驚いたんだろう」

「私に怖い彼氏がいるという幻想を、勝手に抱いていたみたい。もちろん誰もいないのに」

「へえ……」

なるほど、あの臆病な吉野なら、そんな空想を勝手にするかもしれないと山尾も思った。

してみると吉野は贅沢にも、恵理子の方から誘われたのに、いつも逃げ腰で相手をし、早く別れたいと思っていたのかもしれない。

「今日、あなたが入ってきたときは驚いたけれど、手間が省けたわ。近々、あなたに手を出そうと思っていたのだから」

恵理子が言う。どうやら彼女にとって山尾は、新たなダメ男ということになるのだろう。

　してみると、少し待っていれば、こんな大冒険をしなくても、恵理子の方から接触してきてくれたようだった。

　それでも山尾は、今回の行動は起こして良かったと思った。何より恵理子を傷つけなくて済んだのだし、自分も思いきった決意をして成長したのだろう。

「そろそろお湯が溜まるわ」

　恵理子が言い、彼の手を握って起き上がった。そして一緒にベッドを下り、バスルームへと入っていった。

　狭い洗い場で身を寄せ合ってシャワーを浴び、彼はペニスを、恵理子はワレメを念入りに洗った。

　これでフェロモンは消えてしまったが仕方がない。もちろん彼はもう一回ぐらい出来るし、恵理子も彼を解放する気はないようだった。

「こうして……」

　いったん交互に湯に浸《つ》かってから上がると、恵理子が言った。そして山尾を洗い場に座らせ、自分はその前に立ち、片方の足をバスタブのふちに載せた。

　山尾も自分から、目の前にある股間に顔を押しつけた。そして形良い腰を抱え、濡れた恥毛に鼻を埋め、ワレメに舌を這わせはじめた。

陰唇の内部は、新たな蜜にヌルヌルしていた。それを舐めていると恵理子は彼の頭を押さえつけ、ギュッと固定した。

同時に、ワレメ内部からチョロチョロと生温かな液体がほとばしってきたのだ。

「飲んで……」

恵理子が上の方から言い、下腹を強ばらせながらゆるゆると放尿をはじめた。

山尾は驚いたが、激しく艶《なまめ》かしい気持ちに包まれ、夢中で流れを舌に受け止めた。味わうと、匂いも味も実に淡く、飲み込んでも抵抗なく喉を通過していった。それに加え、美女の身体から出たものを取り入れるという行為にも激しく燃え上がった。

「アア……、いい子ね……」

恵理子はうっとりと言いながら彼の髪を撫で、とうとう最後まで出し切ってしまった。

多少は口から溢れた分が肌を伝い、回復しはじめているペニスを浸したが、彼は初めて味わう感覚に心から酔いしれた。

やがて山尾は舌を差し入れ、ワレメ内部に溜まった余りをすすり、膣口からクリトリスまで舐め回した。

「ああ……、いい気持ち……」

恵理子は喘ぎ、新たな愛液を湧き出させ、彼の舌の動きを滑らかにさせた。

そして彼女は爪先でそっとペニスに触れ、その回復力と硬度に満足したようだった。

やがて二人はもう一度シャワーで全身を洗い流してから湯に浸かり、バスルームを出た。

身体を拭き、全裸のままベッドへと戻っていった。

山尾が、恵理子の匂いの染みついたベッドに横になっていると、彼女は彼のバッグを開けてビデオカメラを取り出した。そして再生してみて、

「よく撮れているわ。でもこれは没収よ」

そう言い、スイッチを切って自分の本棚に置いてしまった。

もちろん山尾も異存はない。

これから何度も恵理子とセックスできるなら、家でオナニーする必要もなくなるのだ。

そして別れ話でもでたら、また今度はSMプレイで目隠しをし、そのときにでも盗撮すればよいと思った。

やがて恵理子が添い寝し、仰向けの彼の顔に跨ってきた。やはり女王様タイプは、自分から行動し、上になる方が性に合っているのだろう。

「本当は、大人しい生徒にこうしてみたいのだけれど、それは無理でしょう？　食べてみ

たい可愛い男の子が、いっぱいいるのに残念だわ」

恵理子が、彼の顔中にヌラヌラとワレメをこすりつけながら言う。

もちろん、未成年の教え子を相手にするのは問題である。しかし山尾は、美しく颯爽とした恵理子が、大人しい男子高校生を弄《もてあそ》ぶ様子を想像し、激しく高まった。

それをされたら、一生感謝する男子生徒も多いだろうに、それは出来ないことなのだ。

だから自分が、それらの代わりに弄ばれよう、と山尾は思った。

5

「ああッ……、いい気持ち……」

下から山尾にクリトリスを舐められ、恵理子が顔をのけぞらせて喘いだ。彼女は自ら巨乳も揉みしだき、グイグイと遠慮なく彼の顔に体重をかけていた。

たちまち山尾の顔中は美人教師の生温かな愛液でヌルヌルにまみれ、湯上がりの匂いとともに、彼女本来のフェロモンもうっすらと入り混じって鼻腔を刺激してきた。

さらに彼女は股間をずらし、ためらいなくお尻の谷間も彼の口に押しつけてきた。

山尾は必死に美女の肛門を舐め、内部にもヌルッと舌先を潜り込ませた。そうするとワレメが鼻に密着し、彼は心地よい窒息感に包まれた。

やがて前も後ろも充分に舐めさせ、すっかり気が済んだように恵理子が股間を引き離してきた。

そして仰向けの彼のペニスに顔を寄せ、再び喉の奥まで呑み込み、上気した頬をすぼめて吸引し、クチュクチュと激しく舌をからみつかせてきた。

回復しているペニスが唾液にまみれ、唇と舌、たまに軽く当てられる歯の感触に最大限に高まっていった。

恵理子も彼の絶頂が来る前にスポンと口を離し、そのまま彼の股間に跨《また》がってきた。

唾液に濡れた幹にそっと指を添え、先端を膣口に当てると、恵理子は感触を味わうようにゆっくりと腰を沈み込ませていった。

「あうう……、いいわ……」

たちまちペニスがヌルヌルッと根元まで潜り込み、恵理子は喘ぎながら股間を密着させ、完全にギュッと座り込んできた。

山尾も、挿入時の肉襞の摩擦に高まり、今も熱く濡れた柔肉に締め付けられてうっとりとなった。

しかし、すでに二回射精しているので、しばらくは暴発する心配もなさそうだ。恵理子にしてみれば、これが絶頂を合わせられるぐらいの頃合いと見ているのだろう。

確かに、最初の挿入では早すぎるし、二度目も初めてのフェラチオであっという間に果ててしまった。山尾も今となって、ようやく感触や温もりを味わう余裕が持てるようになったのである。

上体を起こしたまま、恵理子はグリグリと股間を動かし、濡れた粘膜でペニスをこね回すように腰を使った。引き締まった腹がうねうねと妖しく蠢き、たわわに実った巨乳が艶かしく揺れた。

やがて彼女は股間を密着させながら上体を倒し、自分から乳首を彼の口に押しつけてきた。山尾もチュッと吸い付き、のしかかる柔肌に圧倒されながら、彼女の内部でヒクヒクとペニスを震わせた。

恵理子は左右とも充分に舐めさせてから、さらに肌を密着させ、彼の肩に腕を回して抱きすくめてくれた。

そして彼女は股間のみならず、肌全体をこすりつけるように動き、山尾も下からズンズンと股間を突き上げはじめた。

「ああ……、もっと強く、奥まで……」

恵理子が彼の耳元で喘ぎ、さらに耳の穴や頬にも舌を這わせてくれた。

顔を向けると唇が重なり、山尾は美女の吐き出す甘酸っぱい息の匂いでうっとりと鼻腔を満たしながら、次第に股間の突き上げを激しくさせていった。

「ンンッ……！」

恵理子は充分に舌をからめ、たっぷりと唾液を飲ませてくれながら鼻を鳴らした。

さらに彼女は山尾の鼻の穴をチロチロと舐め、鼻筋を額まで舐め上げ、瞼《まぶた》にも念入りに舌を這わせてくれた。

彼の顔中は清らかな唾液でヌルヌルになり、悩ましい果実臭に包まれた。

「い、いきそう……」

いよいよ高まり、山尾が降参するように言うと、

「待って……、もう少し、アアッ……！」

恵理子も応え、そのときを待つように息を詰めて腰の動きに勢いをつけた。

たちまち、恵理子の全身がガクンガクンと狂おしい痙攣を開始した。

「い、いく……、ああーッ……！」

恵理子が喘ぎ、同時に膣内がキュッキュッと絶頂の収縮を繰り返した。

「あうう……！」

ひとたまりもなく、山尾は呻きながら続いてオルガスムスに達し、溶けてしまいそうな

快感の渦に巻き込まれていった。

ありったけの熱いザーメンが勢いよくほとばしると、

「く……、熱いわ……！　もっと出して……」

内部の噴出を感じ取り、恵理子がダメ押しの快感を得たように身をよじった。

やはり互いの絶頂が一致することが、最高の快感なのだと山尾は実感した。

やがて最後の一滴まで出し尽くした彼は、すっかり満足して動きを止め、グッタリと力を抜いていった。

恵理子も徐々に動きを弱め、全身の硬直を解きながら遠慮なく彼に体重を預けてきた。

汗ばんだ肌が密着し、深々と潜り込んだままのペニスが、断末魔のようにピクンと脈打つと、

「あう……」

恵理子が声を洩らし、応えるようにキュッときつく締め付けてくれた。

恵理子は再び唇を重ね、喘ぎすぎてすっかり乾き気味になった口から、濃くなったフェロモンを惜しみなく与えてくれた。山尾は、美女の唾液と吐息の匂いに包まれながら、うっとりと快感の余韻に浸り込んだ。

「良かったわ。すごく……」

恵理子も満足したように呟き、やがて股間を引き離し、処理も後回しにしてゴロリと添い寝してきた。

「これからも、していいですか……」

「ええ、校内も刺激的ね。吉野先生は、度胸がなくて一度も応じてくれなかったけれど」

恵理子の囁きに、山尾はまた回復してきそうになってしまった。確かに、校内で行なうのは刺激が大きそうだった。

山尾は、恵理子と懇《ねんご》ろになれたことで、限りない幸福感に包まれた。

しかし、そのときである。

いきなりチャイムが二回続けて鳴ったのだ。

「大変……！」

恵理子が慌てて身を起こし、彼の靴と服をまとめて山尾に投げてきた。

「怖い彼が来たわ。窓から逃げて。死にたくなかったら……」

「え？　そ、そんな。それは吉野先生の空想では……」

山尾は驚いて言ったが、続けてドアがドンドンと激しく叩かれた。

「恵理子、何やってるんだ。早く開けろ！」

外からだみ声が聞こえ、山尾は完全に震え上がった。

「待って、今シャワー浴びようとしていたから」

恵理子が答え、早くと急かすように手を振った。とにかく山尾は靴と服、バッグを持って窓から飛び出した。

やはり、あれほどの良い女となると、さらに上手をゆく彼氏がいるのも仕方がないのだろうか。

結局、山尾は吉野教諭と同じく、窓から逃げ出す羽目になったのだった。

同じ部屋

橘　真児

著者・橘《たちばな》　真児《しんじ》

一九六四年、新潟生まれ。九六年『ロリータ粘液検査』でデビュー。教員と作家の二足の草鞋を履きながら執筆を続け、〇三年専業に。学園を舞台にした官能ものを中心に作品を発表。最新作は『新妻教師』『ゆうわく美尻』。

1

三日ぶりの外出であった。

とは言っても、マンションの一階にあるコンビニのATMで現金をおろし、飲み物と菓子を買ったついでに雑誌をパラパラと立ち読みしただけ。せいぜい外の空気を吸ったというぐらいのものでしかない。

それでも、一日をワンルームの部屋で過ごし、ネットとゲームとアニメ、それから漫画を読むことに没頭《ぼっとう》するだけの自堕落《じだらく》な生活を送る門田哲昭《かどたてつあき》には、外で他の人間——もっとも、コンビニの店員と客ぐらいだが——と顔を合わせるだけのことでも、相応《そうおう》の勇気を必要とした。

まったくもって便利な世の中だ。ゲームや漫画、DVDなど、必要なものはネットの通販で何でも買える。食事は主にデリバリー。たまに食べる弁当や間食物、飲み物やその他ちょっとしたものはマンションの一階にある、玄関を出て表通りに面したところまでぐるりと回るだけのコンビニで事足りる。

よって、普段は宅配物やデリバリーの配達人以外と、言葉を交わすことはない。いや、それらの訪問者にしたところで、名前を確認されてうなずいたり、黙ってハンコを押すだけでいい。

そんな生活に甘んじていたから、部屋を出てから二百メートル歩くかどうかという外出でも、彼には充分に冒険であった。

高校二年生のときに引きこもりとなり、もう三年以上経つ。そのまま高校は中退。独立させるためだと、親はこうしてマンションを借りてくれたものの、要は見捨てられ、体《てい》よく家を追い出されたようなものだ。実際、たまに母親から安否《あんぴ》を気遣う電話があるぐらいで、家族との交流はないに等しい。長男がこんなふうだから、両親はふたつ下の弟に期待をかけているようだ。

そういう、ほとんど誰からも顧《かえり》みられない暮らしに、絶望やコンプレックスをいだいていないわけではない。自分はいったい何のために存在しているのだろうかと、悩むこともある。

しかし、誰にも気兼《きが》ねしなくていい、快適な生活を手に入れられたのだ。どうなるかわからない将来を案じるよりも、今が気楽であればいい。哲昭は刹那《せつな》的な思想で現状に甘んじていた。

コンビニを出ると、外は薄暗かった。今は夕刻。人々が仕事を終え、家に帰るころだ。

もっとも、哲昭が起きてから、まだ一時間も経っていない。何しろ、ほぼ昼夜が逆転した生活を送っているのだから。

（なにを食べようか……）

他の人間にとっては夕食、哲昭にとっては朝食にあたるもののメニューを考える。けれど、思い悩むほど選択肢があるわけではない。だいたいはピザか、ファミレスのデリバリーサービスだ。

そんなものばかり食べて、もちろん運動などしていない。もとが少食だから太ってこそいなかったが、健康によくないことは重々承知している。若いからなんとかなっているだけで、こうしてちょっと歩くだけでも息切れがするほどだ。

そのうち取り返しのつかないことになるのではないかと、我が身を案じていないわけではない。だが、他に食べられるものがないのだからしょうがない。

そのとき、哲昭の脇を、若い女が追い越していった。

ふわり――。

香水か、あるいはシャンプーの残り香か。長い髪が軽やかに舞ったのにあわせて、甘い匂いが漂った。

おそらくＯＬだろう。センスのいいスーツ姿。年は二十二、三歳というところか。横顔がチラッと見えただけであるが、思わず目を瞠《みは》ってしまったほどの麗《うるわ》しさであった。

女はそのまま、哲昭の住むマンションに入っていった。

(こんな綺麗《きれい》なひとが住んでいたのか——)

外に出ることがほとんどないから、住人同士の交流もまったく持たない。隣の部屋の住人でさえ、週末に女を連れ込んでセックスに励むこと以外わからない。他にどんな人間が住んでいるのかなんて、彼が知っているはずがないのだ。

女が入り口の自動ドアをキーで開ける。セキュリティーがしっかりしており、誰でも入れるようにはなっていない。

彼女が入ったあとに、哲昭も急いで続いた。いちいちキーを出すのが面倒だったからだ。そして、エレベータにも一緒に乗り込む。

「何階ですか?」

ボタンに手をかけた女に問われ、哲昭はすぐに答えられなかった。その声があまりに澄《す》んでいたのと、女性に話しかけられるのが随分《ずいぶん》と久しぶりだったせいだ。

「あああ、あの——」

うろたえつつ、すでに押されて点灯している階数のボタンを見れば、自分の部屋のある四階だ。

「あ、同じ階です」

「そうですか」

女はすまし顔でうなずくと、「閉」ボタンを押した。ドアがほとんど音を立てずに閉まり、エレベータが上昇する。

九人乗りの狭い空間にふたりきり。さっき追い越されたときにも嗅《か》いだ甘い香りが、いっそう強く感じられる。

（綺麗なひとだな……）

ドアの上にある階数表示を見あげる横顔に、改めてそう思う。美少女ゲームやアニメの世界にどっぷりとひたり、やたらと目が大きい二次元のキャラクターに熱をあげていたから、現実の女性に心惹《こころひ》かれることなど中学校以来だ。引きこもりのニートという負い目もあり、どうせ相手にされるはずがないと、最初から異性との交流などあきらめている。

だから、仮に好みの女性であったからといって、気安く声をかけられるわけがない。むしろ気詰まりで、ほんの十秒にも満たない時間が、やたらと長く感じられた。

エレベータが四階に到着した。女がわずかに会釈《えしゃく》をして先に降りる。

哲昭は、ひと呼吸遅れて続いた。すぐにあとを追ったら、ストーカーや痴漢《ちかん》ではないかと誤解されそうな気がしたのだ。カツカツと足早にパンプスを鳴らす彼女よりも、努めてゆっくりと歩いた。

（同じ階だったなんて……どの部屋だろう）

もしも近ければ、今後なんらかの交流が持てるかもしれない。たとえば、作り過ぎた料理を『よかったら食べてください』とおすそ分けしてもらえるとか、ビデオの配線がわからないのを助けてあげて、それをきっかけに親密な交際が始まるとか——。

ご都合主義のテレビドラマや漫画でしかあり得ない展開を妄想して、ニヤけそうになる。普段夢物語のような虚構の世界にどっぷりとはまっているからだろう、すぐにそんなことを考えてしまうのだ。

哲昭の部屋は四〇一号室。この階の一番端にある角部屋だ。そして、女もその方向に真《ま》っ直《す》ぐ進んでいる。

（まさか隣じゃないよな）

あそこはたしか男だったはずと思ったとき、女が一番奥の、四〇一号室の前で足を止める。そうしてバッグから鍵を取り出したのに、哲昭は驚いて立ち尽くした。

（え!?）

彼女は迷いもためらいもなく鍵を差し込み、ロックをはずした。ドアを開けて、すっと中に入る。

ドアが締まり、再びカチャリとロックのかけられる音が聞こえてようやく、哲昭は我に返った。

（あいつ、おれの部屋に――）

住人ではなく、泥棒だったのだ。美人だからそんなことは少しも想像しなかった。それにしても、いつの間に合鍵《あいかぎ》を作られていたのだろう。

哲昭は急いで足を進め、自分の部屋の前に立った。すぐに鍵を開けようとしたものの、

（待てよ――）とためらう。

（ひょっとして、何かヤバい武器でも持ってないだろうな）

反撃され、命を落とすことになったら元も子もない。だが、所詮《しょせん》は男と女だ。仮に争うようなことになっても、負けることはあるまい。いくらこちらが運動不足であっても。

そう判断して、哲昭は鍵を差し込んだ。音をたてないように静かにロックをはずし、ドアもそっと開ける。

上がり口に、女の靴はなかった。自身の城たる聖域に、文字通り土足で踏み込まれたのだと知り、怒りがこみ上げる。

奥の部屋までは、狭い通路だ。左手側にユニットバスのドア、右手側には洗濯機用の防水パンと、電気コンロと小さな流し台のみという簡易キッチンがある。

そこには、女の姿はなかった。

（部屋の中だな……）

六畳の洋間への出入り口は、磨《す》りガラスの嵌《は》め込まれた引き戸だ。そこはぴったりと閉じられている。明かりが点《つ》いているのは、べつに女がそうしたからというわけではなく、出るときに点けっぱなしにしていたからだ。

哲昭は足音を忍ばせて進み、引き戸に手をかけた。コクッと唾《つば》を呑《の》み、気を落ち着けてから勢いよく開ける。

「何をしている――」

侵入者を威嚇《いかく》するつもりで発せられた声は、しかし虚しく響いた。なぜなら、そこには誰もいなかったのだ。

2

キツネにつままれた、いや、化かされた気分であった。

壁面収納のクローゼットやユニットバスの中、果てはベランダまで探したものの、あの女はどこにもいなかった。狭いワンルームだから、そもそも身を隠せるような場所など限られている。

(どこに消えたんだ?)

それとも、ひとつ手前の部屋に入ったのを、遠近感がおかしくなって見誤ったのだろうか。隣の住人は男のはずだが、あれが週末にセックスをする相手だとか。

(いや、たしかにあいつは、おれの部屋に入った)

だとすれば、どこに行ったのか。そもそも、何のために侵入したのか。調べたが、無くなっているものは何もない。泥棒ではなさそうだ。

さっぱりわからぬまま何日か過ぎた。

その日も同じく夕刻に外出したとき、哲昭は再びあの女と出会った。やはりコンビニから出たところを追い越され、哲昭は今回は足を速めて抜き返した。玄関もエレベータも先に入り、あとからやって来た女をギッと睨みつける。けれど、彼女は素知らぬふうにしていた。

(今日はあのときみたいにいかないからな)

哲昭はエレベータのドアが開くなり、女を押し退《の》けるようにして先に降り、自分の部屋に向かった。そうして鍵を開け、急いで中に入る。そのときチラッと振り返ると、女が動揺する様子も見せず、こちらに向かってくるのが見えた。

ドアを閉め、ロックをかけると、哲昭は戸口に佇《たたず》んで外の気配を窺《うかが》った。ヒールの足音が、まもなく部屋の前で止まる。そして、鍵を取り出す小さな金属音も聞こえた。

(また入ってくるつもりなのか——)

今度こそ咎《とが》めてやろうと待ち構える哲昭の耳に、鍵が差し込まれる音が聞こえた。続いて、ロックが外される音も。

(あれ?)

ドアノブの下にあるロックのダイアルは、ピクリとも動かなかった。それっきり外の気配も消える。

ふわり——。

そのとき、女の甘い匂いを嗅いだ気がした。哲昭は焦《あせ》ってロックを外し、ドアを開けた。けれど、そこには誰もいない。ただ長く伸びた通路があるだけであった。

(ひょっとしたらあいつ……幽霊⁉)

その可能性に思い至ったのは、首をひねりながら部屋に入ってからだった。以前、この部屋で自殺した女がいて、そいつがああしてさまよっているのではないか——。

だが、虚構の非現実的な漫画やアニメは好きでも、そんな超常現象は実際にあるはずがないというのが、彼の持論であった。

（だいたい、脚もちゃんとあったし、足音もしていたし）

同じエレベータに乗ったときも、特段不気味な感じは受けなかった。だいたい、幽霊があんないい匂いをさせるものだろうか。

そうなると、このマンションそのものに何か仕掛けがあるということになる。たとえば、忍者屋敷のような隠し部屋とか。

（詳しく調べてみたほうがいいかもな）

壁をコツコツと叩《たた》き、ユニットバスやクローゼットの天井、洗濯機用の防水パンまで徹底的に調べ尽くす。もっとも、いくら探したところで何も見つからず、夜中までゴソゴソやっていたものだから、隣の住人から「静かにしろ」と壁を叩かれてしまった。

次の日も、哲昭は夕刻に外に出た。二日続けて外出というのはかつてなかったことで、けれどその日は、あの女に会うことはできなかった。あきらめて部屋に入り、そうしてしばらく経《た》ってから、外にヒールの足音が聞こえた。

慌《あわ》てて戸口に走り、外の気配を窺う。またもドアの外で足音が止まった。ロックを解除する音がしたものの、あとには何も起こらない。ドアを開けても誰もおらず、ただ甘い残り香だけがあった。

こうなると、さすがに薄気味悪い。お化けも幽霊もまったく信じない哲昭でも、ひょっとしたらと考えるようになった。

だが、それで恐怖が増したため、かえって何もできなくなる。こういう訳のわからないものは無視すればいいのだと、都合の悪いことからは目を背《そむ》ける、いつもの行動規範でやり過ごそうとした。

(だいたい、女なんて相手にするだけ無駄だ。こっちが酷《ひど》い目に遭わされるのが関の山なんだからな)

高校で不登校になったのもそうだ。友人とアニメの話をしていたときに、女子生徒から「キモい」と聞こえよがしに陰口を叩かれた。その後彼女らから「オタク」と呼ばれて蔑《さげす》まれるようになり、それで学校に行けなくなった。現実の女性から目を背けてきたのは、そういう心の傷があったせいもある。

(そうさ。女なんて、もともとくだらない生き物なんだ。放っておけばいい)

しかし、その後も外であの女の姿を目にしたり、ドアの外にヒールの足音を聞くにつれ、このままにしておいていいのだろうかという思いが強くなってきた。

ときには、部屋の中に別の人間がいると感じることすらあった。もちろん見回しても誰もいない。気のせいだと思い込もうとしても、気配はなかなか消えなかった。それればかりか、あの甘い匂いをはっきりと感じることすらあった。

（やっぱりあいつがいるんだ――）

彼女は明らかに自分の領分を侵している。こうなったら、この部屋の主が誰かはっきり示すべきだと哲昭は決意した。

まず、それまでは表に居住者を表示していなかったのだが、パソコンでプリントアウトした名札をネームプレートに差し込んだ。さらに魔法少女が派手なポーズを決めているカラフルなポスターをドアに貼りつけ、ここは自分の部屋だとアピールした。

「ねえ、隣の部屋に住んでるのって、オタクなの？」

週末の夜、隣室にセックスしにやって来た女が穢《けが》らわしそうな口調で言うのが聞こえたが、気にしなかった。

それでも、ヒールの足音が外に聞こえなくなることはなかった。室内の気配も日に日に強くなり、気になってゲームやオナニーにも集中できない。相変わらず彼女は、この部屋に侵入しているのである。

（見てろよ、絶対にあいつの正体を暴いてやる！）

哲昭はほとんど意地になっていた。

あの女に会うために、哲昭は夕方、毎日外に出るようになった。コンビニの店内で雑誌を立ち読みしながら時間を潰《つぶ》し、彼女が来るのを待つ。たびたび外に出て、まだ来ないかとあたりを窺う。何度も出入りする彼に、店員はあからさまに非難の眼差しを向けたが、気にも留めなかった。白い目で見られることには慣れっこだった。

二日目、三日目と収穫はなかった。哲昭が諦めて部屋に戻ったあとで足音が聞こえたりと、タイミングをことごとくはずされてしまったのだ。

だったら、彼女が部屋に入ろうとする直前にドアを開ければいいのである。だが、そこまでの勇気が出ないあたりに、彼の気の弱さがあらわれていた。

そして四日目、哲昭がコンビニで立ち読みをしていたとき、あの女が入ってきた。

(来た――)

彼女は雑誌のコーナーに歩み寄ると、哲昭からさほど離れていないところでファッション誌を手にとり、パラパラとめくった。

(間違いない、あの女だ)

横顔をそれとなく観察して、コクリと唾を呑む。シックなスーツ姿。黒のストッキングが細い脚によく似合っている。甘い香りが漂ってきて、悩ましさを覚える。

(すました顔しやがって。見てろよ)

だが、どうすればいいのかなんて、哲昭はまったく考えていなかったのだ。本人を前にしてそのことに気がつき、今さらのようにさてどうしようと思い悩む。

なぜおれの部屋に入るのだと、面と向かって問いただせばいいのだろうか。しかし、実際に彼女が部屋に入ったという証拠があるわけではない。言いがかりだと撥《は》ねつけられれば、それでおしまいだ。また、ヘタに騒ぎになって警察を呼ばれたりしたら、こちらが不利になる。

何より、若くて美しい女性に声をかけることなど、彼にできるはずがなかった。

歯嚙《はが》みをして苛立《いらだ》つあいだにも、女は雑誌をラックに戻し、店内を回り始める。哲昭も慌ててそのあとを追った。変に思われないよう、なるべく距離をとって。

お菓子とデザート、それから紙パックのジュースを選ぶあいだ、哲昭は離れたところから彼女を観察するしかなかった。商品を棚に並べる作業をしていた店員が訝《いぶか》しげな目を向けていたこともあり、近づくことがためらわれたのだ。加えて、彼女の美貌に気後れする部分もあった。

（おれ、何をやってるんだろう……）

そのうち、自分のしていることが滑稽《こっけい》に思えてくる。いったい彼女がこちらにどんな不利益をもたらしたのかと言えば、何もないのだ。それなのに、どうして尾行するような真似をしなければならないのか。

（べつに悪い人間でもなさそうだし……）

最初にエレベータに乗り合わせたときにも、わざわざ階数を訊ねてくれた。同じような状況で声をかけてもらうことなど、これまで一度もなかったのに。

女がレジでお金を払い、商品の袋を受け取る。そのとき、澄んだ声で「ありがとう」と言ったのを聞くに及び、哲昭は（もういいや）と、正体を突き止める意欲を失った。

（彼女が幽霊だろうと何だろうと、べつにいいじゃないか。それで困らされているわけじゃないんだし）

そうして女がコンビニを出てゆくのを黙って見送る。と、自動ドアが開いたとき、肩に提《さ》げていた彼女のバッグからキーホルダーが落ちた。

（あ――）

おそらく財布を出したとき、口のところに引っかかっていたのではあるまいか。それは出入り口の足拭《ふ》きマットの上に落ちたから、ほとんど音をたてることもなかった。彼女も気づかずに去ってゆく。

哲昭は急いで駆け寄り、キーホルダーを拾いあげた。猫の尻尾《しっぽ》みたいなそれについていたのは、明らかにマンションの出入り口と、部屋のドアの鍵であった。

（待てよ。これでおれの部屋のドアを開けたら、いったいどうなるんだろう？）

浮かんだ疑問に、好奇心がムクムクとふくれあがる。哲昭は鍵をポケットにしまってコンビニを出ると、マンションの玄関へと向かった。

途中、女が戻ってきたのとすれ違う。鍵がないことに気がついたのだろう。彼女の表情は焦《あせ》りで強《こわ》ばっていた。

ちょっぴり罪悪感を覚えつつ、哲昭は知らぬふりをして女をやり過ごした。マンションに入り、女が落とした鍵を差し込むと、入り口の自動ドアはちゃんと開いた。

(やっぱり間違いない)

エレベータで四階にあがり、外に面した通路を進んだ一番奥の、四〇一号室の前に立つ。ドアには自分が貼ったポスター。ネームプレートにも、ちゃんと名札が入っている。

(この鍵で、本当に開くんだろうか……)

意を決して鍵を差し込む。回せばカチャリと音がして、ロックがはずれた。

(やっぱりこれは、おれの部屋の鍵だったんだ!)

だが、これまで女が中に入ってこなかったのはなぜだろう。首をかしげつつドアを開け、足を踏み入れた哲昭は、(え⁉)と驚いて立ち尽くした。

見慣れた間取りであった。上がり口にある造りつけのシューズケースも、入ってすぐのところにある洗濯機用の防水パンも、それから奥の部屋に続く狭い通路と、右手側にある簡易キッチンも。

だが、通路に出しておいたゴミの袋がない。キッチンのシンクに溜《た》めておいた汚れものの鍋や食器もない。洗濯機もドラム式のものになっており、棚に置いてあるのは自分が使っているメーカーのものではない洗剤だ。

（ここはおれの部屋じゃないのか⁉）

哲昭は慌てて外に出て、部屋の番号を確認した。だが、間違いなく四〇一号室だ。ネームプレートもポスターも、そこの主が自分であることを証明している。

さっぱりわけがわからぬまま、哲昭はもう一度中に入った。靴を脱いで奥に進み、部屋の引き戸を開ける。

明かりをつけて愕然《がくぜん》とする。そこは見知らぬ部屋であった。

いや、造りは一緒なのだ。けれど、中にあるものは自分のものではない。分不相応なハイスペックのパソコンも、うずたかく積まれたゲームや漫画も、敷きっぱなしの蒲団《ふとん》もなかった。代わりに小綺麗なボックスや、おしゃれなミニテーブル、それからぬいぐるみの置かれたベッドがあった。

（ここは……あの女の部屋⁉）

室内の華やかな眺めといい、漂う甘い香りといい、そこは女性が居住する空間に間違いないようである。

(いや、ここはおれの部屋のはずだ)

ただ違う鍵で開けただけなのに、どうしてこういうことになってしまうのか。茫然と立ち尽くす哲昭は、背後に気配を感じてハッとした。ふり返ると、そこにはあの女がいた。

「どういうことなんだ、これは！」

哲昭は女に喰ってかかった。

「ここはおれの部屋なんだぞ。いったいどうしてこういうことになってるんだよ⁉」

女は少しもうろたえる様子がなかった。相変わらず涼しげな表情で、哲昭をじっと見つめる。

「こんなの、不法侵入じゃねえか。いや、不法占拠《せんきょ》か。とにかく、すぐに出ていけよ。ていうか、おれの部屋を元通りにしろよ！」

苛立《いらだ》ちをあらわに詰《つ》め寄ると、女はつぃっと前に出た。彼のすぐ前に立ち、小首をかしげる。

虚《きょ》を衝《つ》かれた哲昭は、ふわりと香った甘い匂いに頭がくらくらしそうになった。

「この部屋にいらしたお客様は、あなたが初めてよ。歓迎いたしますわ」

ようやく口を開いた女が、にっこりと笑う。その愛らしい笑顔は、青年の胸を狂おしく締《し》めつけた。

「つまり、これでわたしの存在がこの世に認められたっていうことでもあるし……」

意味不明なことをつぶやいてから、

「さ、楽になさって」

女が服に手をかけてくる。甲斐甲斐《かいがい》しく脱がされるあいだ、哲昭は身じろぎもできず固まっていた。

3

素っ裸にされてようやく、哲昭は我に返った。

「い、いったい何を――」

けれど女は何も答えず、ベッドに導く。ぬいぐるみと掛け布団をどけて彼をシーツに腰かけさせると、その前に立って今度は自分が服を脱ぎ始めた。

スーツの上着を肩からおろし、スカートを床に落とす。ゆっくりした動作でブラウスのボタンもはずされれば、あとは上下の下着と、黒いパンティストッキングのみ。

ブラジャーとお揃いの、縁を瀟洒《しょうしゃ》なレースで飾られたパンティが、薄手のナイロンに透けている。間近に見るそれは、エロチックという言葉を具象化したかのようだ。

哲昭は喉《のど》の渇《かわ》きを覚え、ゴクリと唾を呑んだ。バニラアイスのような甘ったるい匂いが強まったのにも、幻惑されそうになる。

下着姿の若い女性を目の当たりにするのなど、これが生まれて初めてのこと。普段は二次元の可愛いキャラクターに夢中でも、こうしてセクシーな美女を前にすれば、当然ながら昂奮《こうふん》する。両手で隠していたペニスも、血液を集めてふくらみだした。

女が前に膝《ひざ》をつく。哲昭の脚を広げさせ、性器を隠す手をやんわりとはずさせた。頭部を上下にふって硬さと大きさを増す肉器官に、艶《つや》っぽい眼差しが注がれる。

「立派だわ」

つぶやかれ、綺麗な手がのばされる。細くてわずかにひんやりした指が、血管を浮かせる棹《さお》に絡《から》みついたとき、哲昭は電撃のような快美に貫《つらぬ》かれてのけ反《ぞ》った。

「ううッ」

恋人などいない童貞の身で、オナニーは毎日の習慣になっている。けれどその気持ちよさは、自分で握るときの比ではなかった。まさに雲泥《うんでい》の差。いや、それ以上だ。

そして、柔らかな手筒が上下されることで、さらなる快感がもたらされる。

「ああ、あ、うわ――」

腰をくねらせ、馬鹿みたいに喘《あえ》ぐことしかできない。初めて異性から与えられる悦《よろこ》びに、哲昭は相手の素性も、ここがどこかということも、どうでもよくなっていた。

しごかれる肉棒は、尖端《せんたん》の鈴割れに透明な雫《しずく》を丸く溜《た》める。今にも表面張力の限界を超えそうで、顔を近づけた女が吹きかける吐息に細かく波打つ。

「いやらしい匂いがする」

先端近くで鼻を蠢《うごめ》かせた女が、唇の端に悪戯《いたずら》っぽい笑みを浮かべる。昨夜オナニーをしてからそこを洗っていないのを思い出し、哲昭は羞恥《しゅうち》に頬《ほお》を熱くした。

「だけどこの匂い、嫌いじゃないわ」

ルージュの艶めく唇が開き、赤く腫れた先端をおもむろに咥《くわ》え込む。

「かはッ！」

強烈な悦びが中枢神経を揺さぶった。目の奥で火花が散り、腰の裏が甘く痺《しび》れる。

(こんな綺麗なひとが、お、おれのを——)

受ける快感に感動が加わる。さらにねっとりした舌が敏感な粘膜《ねんまく》やくびれを這《は》い回り、理性を粉砕《ふんさい》されそうなほど感じてしまう。

(こんなことまでしてくれるなんて……)

彼女に敵意をいだいたことを、悪かったと反省する。ここまで献身的で優しいひととは知らなかったのだ。

(このひとが幽霊のはずがないよ。ああ、すごく気持ちいい)

リアルな快感に、哲昭はそう信じられた。

そして、初めて口淫奉仕を受ける童貞の青年が、そうそう長く持ち堪《こた》えられるはずもなかった。

「ああ、あああぁッ、もう──」

ガクンガクンと全身をはずませ、めくるめく悦びに濃厚な体液をたっぷりと放出する。

「うわ、出る。出た」

指の輪で棹をしごかれ、尖端も強く吸われて尿道内のものを搾《しぼ》り取られる。女の喉がコクコクと鳴るのを、哲昭は遠い世界の出来事のように聞いていた。

脱力してベッドに仰向けた哲昭の上に、女が逆向きでかぶさった。

「好きなようにしていいのよ」

胸を跨《また》ぎ、パンストとパンティに包まれたヒップを青年の前に差し出す。

「ああ……」

魅惑の光景に、哲昭は感動のため息をついた。

黒いナイロンに透ける白の下着。なんと色っぽいのだろう。たっぷりした丸みに張りつく薄布は、今にも破れそうに伸びきっている。ほのかに漂う、蒸《む》れてツンとしたかぐわしさも好ましい。

見ているだけでは我慢できず、哲昭は両手を重たげな曲面に密着させた。

(おお、これは――)

ナイロンのザラつき越しに肌の温かみと、ぷりぷりした肉感触が伝わってくる。喰い込ませる指をやすやすと受け入れてくれる柔らかさ。そしてすぐにかたちを戻す豊かな弾力。初めて触れる女尻の素晴らしさに夢中で撫《な》で回していると、射精後に萎《な》えたペニスをしなやかな手指でくるみ込まれた。

「ふああ……」

快さに腰が震える。殺到した血流が海綿体《かいめんたい》を満たしてゆくのを感じつつ、哲昭はパンストのウエストラインに指をかけた。

(好きにしていいって言ったよな)

告げられたことを思い返し、ならばと内側のパンティごと、まとめて艶尻から剝《む》きおろした。

ぷるりん――。

あらわになった色白の球体が、たわわに波打つ。汁気たっぷりの果実という風情と、濃くゆらめく乳酪臭《にゅうらく》に、牡《おす》の昂《たかぶ》りはうなぎ登りであった。

女が腰を浮かせ、パンストとパンティを片方の脚から抜いてくれる。そうして再びむっちりした臀部《でんぶ》が落ちてきたとき、哲昭の目はあらわに晒《さら》された羞恥帯を捉《とら》えた。ぱっくりと割れた臀裂の底は、濃い肌色の色素が沈着している。その中心に、小さく引き結んだ可憐《かれん》な蕾《つぼみ》。視線を感じたか、恥ずかしそうにすぼまるのが愛らしい。

そこからほとんど離れていない真下に、くすんだ肉色の合わせ目があった。貝の肉みたいな花弁をはみ出させたそれは、初めて目にするナマの女性器。周囲を取り巻く短い恥毛も、ヨーグルト風味の強い媚臭も、何もかもがいやらしい。

インターネットで手に入れた無修正画像でなら、何度も見たことがある。だが、やはり本物は違う。息吹くように収縮するところといい、ただの即物的なものではない。まさにナマ身というか、生きているのだと実感できた。

女が尻を落とし、秘部を口許に密着させてきたときも、哲昭は少しも嫌悪を覚えなかった。むしろ歓迎すべく舌を出し、ほんのりしょっぱみのある恥唇を嬉々《きき》として舐めしゃぶった。

「はあン」

女がなまめかしい声をあげるのにも獣欲をかき立てられ、ぷりぷりした尻肉を揉み撫でながらのクンニリングスにいそしむ。どうすれば感じるのかなど考える余裕はなく、溢《あふ》れる女蜜をただ貪欲《どんよく》に味わった。

と、完全勃起した肉茎が、何やら柔らかなものに包まれているのに気がついた。いつの間にかブラジャーをはずした女が、乳房で屹立《きつりつ》を挟んでいたことを悟《さと》るのに、そう時間はかからなかった。

(うわ、これも気持ちいい)

すべすべぷにぷにの柔肉が、ペニスをみっちりと包み込む。下着姿では気づかなかったが、どうやらかなりの巨乳らしい。

(こんなことまでしてくれるなんて——)

感謝の気持ちを込めて、今度はより感じさせるべく舌づかいに工夫を凝《こ》らす。その手の漫画やゲームで得た知識を総動員し、たしかここが気持ちいいはずと、探し当てた小さな肉芽を重点的に責めた。

「ああ、そこぉ」

嬌声《きょうせい》があがり、内腿がビクビクとわなないたことで、標的が誤っていなかったことを知る。

(すげえ。おれ、初めてなのに女を感じさせてるんだ)

オタクで童貞ということに、引け目を感じていなかったわけではない。それが最初からここまでできたということに、世間に対してザマアミロという感情をいだく。

哲昭はさらにねちっこく舌を律動《りつどう》させ、女に派手なよがりをあげさせた。ところが、自分もさっきからおっぱい奉仕をされている身。しかも谷間からはみ出したところをチュパッと吸われたりして、またも爆発しそうになる。

「あう、もう――」

淫蜜でトロトロになった秘部から口をはずし、臀部に指を喰い込ませて窮状《きゅうじょう》を訴えると、女はペニスを乳房から解放してくれた。そのまま上体を起こし、哲昭を跨いだまま腰のほうに移動する。

ピクピクとうち震えてそそり立つ肉茎。その真上に、かたち良い美尻が下ろされる。ペニスを逆手で握った女が、焦点《しょうてん》を失った眼差しでふり返った。

「挿《い》れるわよ」

告げてから前屈みになり、さんざん舐《ねぶ》られた濡れ割れに牡の尖端を密着させる。そこから温かさとむず痒《かゆ》いような快さが伝わり、哲昭は期待で胸を震わせた。

（ああ、いよいよ――）

その瞬間を待ちわびる必要もなく、艶めく丸みが坐り込む。

ぬむむむッ——。

鉄のごとく硬い強ばりは、あっ気なくヌメつく狭道に呑み込まれた。下腹に尻の重みを感じた瞬間キュウッと締めつけられ、哲昭はのけ反って熱い吐息をこぼした。

(うわっ、すげえ気持ちいい)

まつわりつく柔襞《やわひだ》は蠢いているらしく、敏感なところを這い回るよう。たっぷりと濡れた膣内の温かさもたまらない。

「はあー」

牡を迎え入れ、ひと息ついた女は、ヒップをそろそろと浮かせ、また落とした。

「ふおおッ」

ヌラヌラした肉襞にペニスをこすられ、快感が倍増する。それこそ余《あま》すところなくという具合に、敏感なところがすべて刺激されている。

(これがセックスなのか!)

童貞でなくなった喜び以上に、もたらされる快感が哲昭を有頂天《うちょうてん》にさせた。自分と同じオタクたちの中から一歩抜け出せたのだと、優越感もこみ上げる。

何度かゆっくりした上下運動を試みてから、女はいよいよリズミカルに腰をふりだした。むっちりした尻が腰の上で、ゴムまりのようにぷりぷりとはずむ。

「うあ、ああ、あ――」

強ばりを女芯でこすられ、締めつけられる。その快さもさることながら、下腹に当たる尻肉の感触も格別だ。肌のぶつかり合いがパンパンと軽快な音を響かせ、その間隙《かんげき》に性器同士の粘《ねば》っこい肉ずれも聞こえる。

「う、ううっ、はあぁ――」

女の喘ぎも大きくなる。逆ハート形の切れ込みに見え隠れする肉棒は、たちまち白く濁《にご》った淫液にまみれだした。

(ああ、たまらないよ)

ぐんぐんと上昇する性感曲線に、哲昭は歯を喰いしばって耐えた。一度射精したあとなのに、すぐにほとばしらせるのはみっともない。懸命に爆発を堪《こら》えていたのである。

だが、これが初体験。募る快美は、牡のプライドを容赦なく粉々《こなごな》にする。

「ちょ、ちょっとストップ」

理性をふり絞《しぼ》り、哲昭は彼女のたわわなヒップに両手をかけると、それ以上の動きを拒んだ。

吐息をはずませつつ、怪訝そうにふり返った女は、ペニスを受け入れたままからだの向きを百八十度回転させた。

「ううッ」

濡れ窟にこすられる方向が変化したことで、新たな悦びが生じる。哲昭はのけ反り、それでもどうにか射精を逃れた。

対面の騎乗位になった女は、淫蕩《いんとう》な表情で見おろしてきた。

「出そうなの？」

ストレートな質問に、哲昭は戸惑《とまど》いつつうなずく。

「いいのよ。出したくなったら、遠慮しないで出しなさい」

笑顔で告げると、彼女は再び上半身をはずませだした。

「あ、あうぅ」

蕩《とろ》けそうな気持ちよさに、哲昭はびくびくワナワナと四肢《しし》を震わせた。

ぬ――ずちゃ、クチュ……。

結合部が卑猥《ひわい》な粘《ねば》つきをこぼし、持ち上がった陰嚢《いんのう》が彼女の尻割れにぽむぽむと当たる。軋《きし》むベッドが揺れるのも、悦楽の波に漂うようであった。

股間では、ふたりの陰毛が絡みあっている。視線を上に向ければ、たわわな乳房が上下に揺れる。見ているだけで酔ってしまいそうな眺めに、射精しなさいと暗示をかけられる心地がした。

(気持ちいい……最高だ――)

結局二分ともたず、甘く痺《しび》れる歓喜が全身に行き渡った。

「うわ、あ、いく――出る」

女の細腰を掴み、哲昭は自らも勢いよく突き上げた。ねっとりして熱い膣奥に、多量の精汁をドクドクと噴きあげる。

「あふーん……」

その瞬間、女がのけ反って悩ましげな声をあげる。狭窟内が奥に誘い込むように蠕動《ぜんどう》し、牡のエキスを最後の一滴まで搾り取った。

4

ベッドで女と抱きあい、哲昭はセックスの心地《ここち》よい名残《なご》りにひたっていた。

「どうだった?」

訊ねられ、「最高でした」と素直な感想を述べる。

「おれ、この部屋にずっとひとりでいて、自分なんてこの世に存在する価値がない、居てもいなくても同じだとかって卑屈《ひくつ》になってたんです。だけど、そんな気持ちが全部ふっ飛びました。何ていうか、生きていてよかったって思います。もう、思い残すことはないぐらいに気持ちよくて」

「ならよかった。つまり、わたしがここにいてもいいってことなのね」

思わせぶりな女のほほ笑みに、きょとんとなる。

(それってつまり、一緒に暮らそうってことなのか?)

けれど、これからも彼女と一緒にいられるのなら、どんなことでも頑張《がんば》れそうな気がしてきた。

「あの……こんなときに何ですけど、名前を教えてくれませんか?」

だが、女はこちらをじっと見つめたまま、何も答えない。

「あ、すいません。こっちが名乗《なの》るのが先ですよね。おれの名前は——」

だが、どういうわけか自分の名前が出てこない。それどころか、頭の中に急に霞《かす》みがかかったみたいになり、自分が何者なのかもわからなくなってきた。

「この部屋はわたしがもらうから、あなたは消えていいわ。ついでに苗字ももらってあげる」

告げられた言葉に愕然となる。

「だって、もう思い残すことはないのよね」

女の声がやけに遠くに聞こえたとき、目の前が真っ暗になった。

×　×　×

翌日、四〇二号室の男が外に出ると、隣の四〇一号室の若い女が、ドアに貼られたものを剝《は》がしていた。

「おはようございます、門田さん。どうかしたんですか？」

声をかけると、女は困惑を浮かべてふり返った。

「おはようございます……それが、こんなものをドアのところに貼られてしまって」

見ると、それはいかにもオタク受けしそうな、アニメか何かのポスターであった。

「ああ、それは災難でしたね。しかし、酷《ひど》い悪戯だなあ。いったい誰がそんなことをするんだろう」

言われて、女は艶やかな笑みを浮かべて答える。

「さあ、わかりませんけど……でも、どうせ居てもいなくても同じな、くだらない人間に決まってますわ」

少女の微熱

菅野温子

著者・菅野《すがの》　温子《あつこ》
静岡県生まれ。立命館大学文学部哲学科卒。九一年、スポーツ新聞でポルノ作家としてデビュー。女性寄りの視点でのセックス描写を目指す。著書に『エロティック小説完全創作レシピ』『蜜欲の情人』『熱帯魚のように』ほか多数。最新刊に『メニューは美乳』。

1

どうして急に、藤代《ふじしろ》に電話してしまったのか、そのときの美千留《みちる》には皆目《かいもく》わからなかった。

ただ、得体《えたい》の知れない衝動が受話器を取らせ、握らせた。そして、美千留の指を操って、教職員名簿に記されていた藤代の自宅の電話番号をプッシュさせたのだった。

そう、近頃の女子高生だったら、まず教師の携帯に電話することを考えるところだろう。でも、美千留が高校に通っていた二十年ほど前には、携帯電話はまだ普及していなかった。

だから、おそらくは藤代の妻が電話に出るだろう、という心積もりはあった。日曜の夜という比較的、彼が自宅にいそうなときを選んだものの、家族に取り次いでもらうことになるのだろうと。

美千留は県立高校三年の女子生徒である自分を、強く意識した。ごく一般的な十七歳の少女が、よくしてもらっている高校の先生に電話をかけるのだ、ということを自己暗示のように思いだす。

呼び出し音が受話器の底で数度鳴りひびき、受話器が取られた。

「もしもし……」

三十六歳の高校教師に個人的に接近しようとしている不純な意識回路を、意図的に忘れ、美千留は純真な女子高生そのものといった声を出した。藤代先生のお宅ですか、と問いかけると、

「はい、藤代です」

という教師自身の声が返ってきた。

「先生……私、東《あずま》です。T高の東美千留です」

こんばんは、と挨拶《あいさつ》しながら、なんとか次の一手を出そうとして言葉が淀《よど》んだ。「あの……一度ゆっくりお話ししたいと思っているんですが……お時間をとっていただけませんでしょうか？」

一女子高生が男性教師を個人的に誘うというのは、その当時としては充分、突飛な行動だった。女子大生が性的なイメージを押しつけられることはあっても、女子高生はまだまだ清純で、援助交際やブルセラなどの現象は皆無の時代でもあった。

とはいえ、藤代が美千留の申し出に飛びあがるほど驚いたというふうには、感じられなかった。たぶん、彼から見た美千留というのは、突発的に個人的な電話をかけてもおかし

くないエキセントリックな生徒だったのだろう。または、話をわかってくれそうな教師である彼に、卒業後の進路相談でもしたいのかと受けとったのかもしれない。

「ああ、そう?」

と藤代は返事をした。しばらくスケジュールを考えているようだったが、「じゃあ、次の土曜日あたりはどうかな」と、今度は美千留がびっくりするような具体的な応答をした。妻が電話を取り次いだわけではないから、女子生徒からということはわからないだろうが、校内というより外で会うというニュアンスである。

半ば「へえ」と思いながらも、美千留は数秒後には「はい、大丈夫です」と生徒の声で返事をした。時間や待ちあわせ場所については、追って自宅に連絡してくれるという。自分が投げた石の波紋が、水面に広がっていくのを見つめるような気持ちになるとともに、それまでとは違うことが始まろうとしているのを感じた。

担任だったこともなく、彼の担当科目である倫社を教わったこともないのに、どういうわけか美千留は藤代と親しかった。

いや、一女生徒である彼女に最初に目を留めたのは、彼のほうだ。高二の文化祭の出しもので、美千留は有志を募《つの》って演劇を上演した。そこで悲劇のヒロインを演じたのだが、その感情を入れこんだ演技が大いに藤代の気を惹《ひ》いたものらしい。廊下ですれ違ったときに呼びとめられて、「東、名演技だったな」と褒《ほ》められた。

美千留はそこで初めて「藤代先生」を知ることになったのだが、彼はT高ではリベラルな存在だった。学年の最後には教科書から離れて、生徒に自分の思想的なものを話すというので、上級生たちからは名物教師扱いを受けていた。

だからといってそんなことは、美千留が彼にあえて個人的に近づこうとすることの言い訳にはならないのかもしれない。でも、このとき美千留はすでに関西の私大に合格し、申し込んでいた国立女子大の受験を取りやめると決めたばかりだった。そのせいで、急にぽっかりと時間が空いてしまった。だからこそ、「卒業する前に、藤代先生にもっと近づきたい」という思いが浮上したのである。

とはいっても、それまでの美千留にさしたる恋愛経験があったわけでもない。いっぱしの成人男性である彼に、生徒の域を超えて相手にされるとは予想していなかった。確かに藤代が、文化祭の演技や文芸部の文集に書いた作品などを見て、自分に興味を持っているとは思っていた。それでも彼は三十六歳の教師で、妻帯者だ。高校生の自分とはかけ離れた大人だ、という意識があった。

2

土曜日の午後、藤代は大胆にも、美千留を自分の車に乗せた。国道を走りながら、「箱《は》根《こ》にでも行こうか」と半ばひとりごとのように呟《つぶや》く。

美千留はそもそもドライブなどということまでは考えていなかったが、自分から接近したわけだし、断る理由は見出せなかった。親は商売をしており、昼間は家にいてもほとんど一人だ。誘いに乗ることを阻《はば》むものは、何一つなかった。

しかも、このとき美千留は、学校の制服とは印象の違う白いモヘアのセーターと、大人っぽいスリットスカートに身を包んでいた。前ボタンの開け具合でスリットを調整できるデザインで、ストッキングに包まれた膝《ひざ》小僧が覗《のぞ》くくらいまで、大胆な開け方をしていた。

ただ、そんなふうに意図的に成熟を装ってみたところで、十七歳の優等生に男を手玉に取った過去があるわけでもない。藤代に女として見られるとは、思ってもみなかった。自分がいくら、そんなことを仕掛けたところで、聖職にある彼がやすやすと乗ってくるとは想像できなかったのだ。

車中でも芦ノ湖《あしのこ》畔のレストランでも会話は弾み、美千留としてはすでに、ほぼ目的を達成した気分だった。それ以上のことは、考えようがなかった。レストランを出てから、車は交通量の少ない山道をひた走った。道路事情はわからないが、藤代はあえて人気のない場所を探していたのかもしれない。日が暮れるにはまだ間があるはずだったが、山のせいなのか急にあたりが暗くなり、霧が立ちこめだした。

しばらく進むうちにフロントガラスの前が真っ白になって、見通しが利かなくなってしまった。彼がパークエリアのようなところに、車を停める。他の車は停まっておらず、ときおりヘッドライトをつけた車が走り去るのが見えるだけだ。

霧のなかに二人でいるせいで、不思議な感覚が湧《わ》きだしてくる。それでも美千留には、藤代に対して無邪気《むじゃき》な信頼があった。第一に自分の通う県立高校の教師だし、高二のとき一年上の「文化的」な上級生たちが、彼がテーマを決めて行う課外授業をおもしろがっていたのを見ていたこともある。他の教師とは一味違う彼の教えを、吸収したいという気持ちは強かった。

だが、このとき霧のなかに車を停めた藤代は、いつもの「藤代先生」ではなかった。何をしようとしているのか意図がわからなかったし、説明もない。美千留が無言で、幻想的な景色を見ていると、太腿《ふともも》の上に置いた手にいきなり厚ぼったい手が覆《おお》いかぶさってきた。

ん？　と思う間もなく、唇を塞《ふさ》がれる。反射的に固く閉ざした口を、蛇のような舌でこじ開けられ、深く侵入された。いったい、何が起こったというのだろう？　十七歳の優等生である美千留にとっては、青天《せいてん》の霹靂《へきれき》だった。

唇をきつく吸われ、舌を無理やり絡みつけられる。わけもわからぬまま唇を離されたところで、運転席から身を乗りだしていた藤代が、妙にのぼせ上がった表情で尋ねた。

「初めて？……」

その掠《かす》れた声と、真顔で自分を見る様子に、（ああ、キスをするのは初めてか、と訊《き》いているんだな）とわかった。それはいかにも、よく男が女にする凡俗《ぼんぞく》な質問のように思われた。いくら地方のエリート校ではあっても、男女交際をしている生徒のカップルは何組かいたが、美千留にそういう相手がいると聞いたことはなかったのだろう。

藤代先生がキスしてきたのが予想外の出来事だったにもかかわらず、美千留は次の瞬間には、「初めて」ということを重視したがる男の習性を、馬鹿げたことだと軽蔑《けいべつ》した。喉《のど》元《もと》で、「くくっ」とシニカルな忍び笑いを漏《も》らしてしまう。高校生の少女とは思えないほど、男女のあれこれに通じた自分を、擦《す》れた売女《ばいた》のように感じた。

初めてか、という問いかけに答えず、意味深な笑いを漏らした美千留を、男慣れしているように思ったのだろうか？　藤代は美千留の体を跨《また》ぐようにしてレバーを操作し、助手席のシートを後方に倒した。熱を帯《お》びだした体の上に、そのまま重なってくる。

強く抱きしめられながら、「……僕も、男なのかな？」と尊敬の対象であるはずの高校教師が呟くのを、美千留は他人事のように聞いた。中学生のときに角の駄菓子屋で立ち読みしていたティーン誌には、ときおり「先生と結ばれた私」などという手記ふうの読み物が載っていたが、そんなことが現実に自分の身に起こるとは思っていなかった。

性的なことが大人の世界にあるのは、ずっと幼い頃から、おぼろげに感じとっていた。それは、ほとんどの場合、子供の自分を排除するものだったが、両親や周囲の大人たちは、そのためにしょっちゅう険悪《けんあく》な揉《も》め方をしていた。

父は公然と外に女を作り、美千留の学年が上がるにつれて、愛人のもとから帰ってこない日が増えていった。高校三年当時には、週のうち半分以上は女のところに泊まるようになっていた。

母はまじめで古い考えの女だが、家族ぐるみで親しくしていた近所の老医師と、ある晩、折り重なるようにして廊下に倒れていた。それは九歳の、まだ牧歌的な感覚の持ち主だった美千留の目に、鮮烈に焼きついた。見たものを疑いながらも、その後どうしても拭《ぬぐ》いきれない光景でもあった。

そういうわけで美千留は、九歳にして壊れてしまった。一人娘なので、女を巡る両親の諍《いさか》いを自分だけで受けとめねばならず、ほとんどひどい情緒不安のなかで成長した。頭は切れるほうで、学校では成績のいい生徒だったけれど、ズタズタの心を頭脳が引っぱる状態が続いていた。

キスは中学二年のときに、買い物帰りに袋から落ちたみかんを拾ってくれた十九歳の男に、強引に奪われた。自動車工をしているというその男は、家までついてきた。母は父の経営する店で働いていたし、父は家にいないほうが多かったから、美千留はほとんど野放しにされていた。

十九歳の自動車工は次の日曜日にもやってきて、留守番をしている美千留を外に連れだした。海まで並んで歩き、帰りがけに人気のない地下道のなかで、突然口に吸いつかれた。入ってくる舌を「気持ち悪い」と感じ、別れてから何度も口を濯《すす》がねばならなかった。

家に一人でいると、ときおりやってくるセールスなどに「奥さん」と呼びかけられるのは常だった。自覚とは別に、美千留は中学生にして大人の女に見られていた。

一寸先も見えないほど車外に霧が立ちこめるなかシートを倒され、体を重ねられる。そのときには美千留は、藤代の意図するものがありありとわかっていた。キスより先の体験はなかったにもかかわらず、妙に覚めた頭で「教師に迫られる女子高生」の図を眺める。

「君は僕をたぶらかした……」

と昼メロの登場人物めいて口走り、藤代は繰りかえし美千留の耳たぶを吸ったり、咬《か》んだりした。

「あっ……」

痛い、と美千留は身を捩《ねじ》った。誰かにそんなふうにされたことはなかったので、比べるものはない。それでも、教え子に手を出すということに彼が舞いあがっているのは、間違いないようだった。

自分が藤代をたぶらかしたのかもしれない、と感じるのは愉快だった。さしたる自覚はないのだが、藤代の目には自分が欲情をそそる存在に見えたものらしい。歳月とともに女の肉体になり、男の発情を促《うなが》すようになる。それは、鬱々《うつうつ》とした子供時代を大人の色恋事のなかで過ごした美千留にとって、何か男を翻弄《ほんろう》する物質的な力を得たように感じる出来事だった。

「いつもの黒い制服とは違う。まるで、さなぎから蝶になったみたいだ……」

感嘆したように言って、教師の手がふわっとしたモヘアのセーターを捲《まく》りあげる。シンプルなブラジャーに包まれた胸に目を張りつけられ、人目に触れさせたことのない乳房の膨《ふく》らみに吸いつかれる。

「んっ、はあああっ！……」

「おっぱい、見てもいい？」

こっくりと、首を縦に振った。

初めてだというのに、泣き叫びも恥ずかしがりもしなかった。むしろ美千留は、初めてだということを藤代に悟《さと》られたくない、と無意識のうちに思っていたのだ。まだ十七歳なのに、手練手管《てれんてくだ》に長《た》けた女郎のように、男に対して優位に立っていたかった。

ブラジャーを乳房の上側にずらされ、丸く盛り上がった二つの隆起を、車内にさらけ出される。白い膨《ふく》らみを愛《め》でるように眺められ、じきに敏感な突起に吸いつかれた。

「ああっ」

痕《あと》が付きそうなくらい、キューッと吸われ、膨《ふく》らみを揉みたてられる。喘《あえ》ぎ声をあげたのも初めてだったが、そういうことは本能的に、美千留の体内に組みこまれているらしかった。

藤代は先を急ぐみたいに、スカートのスリットの内側に手を入れてきた。今度は同意を得ようとすることもなく、白い綿のパンティのなかに指を埋めこむ。

秘裂の溝に指が到達したとたん、「ううっ！」と興奮した声を漏らした。生まれて初めて男に触れられた秘部は、妻帯者である彼が驚くほど濡れていた。ひと思いにパンティとストッキングを引きずりおろされ、それほど濃くはない恥毛の一帯を露《あら》わにされる。

男を驚嘆《きょうたん》させ、興奮させることのできる女の肉を、美千留は生まれて初めてしたたかな武器だと自覚した。そんな男を惑わす武器が自分の体内で育っていたことが、端的《たんてき》に嬉しかった。

まだ男に使われたことのない肉襞《にくひだ》に、二本の指を縦に乗せられ、細かく横に震わされる。肉奥から溢れでた、さらさらした体液が、飛び散るような指の動かし方だ。

「あっ、あんっ……ああっ」

藤代は妻の性器に対して、こんなふうにしているのだ、と美千留は彼の性癖を垣間《かいま》見たように思った。性的にややいびつな癖がある、と指や唇の動きから感じとってしまう。

3

車の窓ガラスを覆いつくした霧のなかにいた時間は、どれくらいだったのか？　おそらく藤代は、その先に行為を進めるのを躊躇《ちゅうちょ》した。大人の女になって久しい今、美千留は三十代半ばの男心をそう推察する。

もちろん、その大半は、女子生徒と深い仲になって社会的な問題になるのはまずい、という保身だっただろう。だが同時に、まだ処女と思われる美千留に、自分の獣じみた部分を見せることに、気恥ずかしさやためらいがあった節もある。

ひととおり、性器にも乳房にも愛撫《あいぶ》を加えおわったところで、迷いを見せながらも彼は美千留の体から離れた。美千留は呆然《ぼうぜん》としていたが、藤代が自分に男の欲望を向けたことに満足してもいた。

長年、学究肌で生きてきた男を色で血迷わせることに、胸のすくような楽しさを味わいだしていた。自分を抱きしめ、繰りかえし耳たぶや首筋を吸いあげたことによって、彼の心がぐんとこちらに傾斜してきているのを感じた。

この人は、私のことを特別な存在だと思いはじめている……。自分に向けられる眼差《まなざ》しや、生徒への域を超えて優しくなりだした扱いに、ただならぬものを読みとって、美千留は少女の仮面の下でほくそ笑んだ。ビチョビチョにぬめった秘肉を拭いもせずに、左足首に引っかかっていたパンティとストッキングを穿《は》きなおし、捲《めく》れあがっていたスカートを整える。

ブラジャーを元に戻そうとしていると、「ちょっと待って」と声を発して、藤代が再び乳首を吸いあげた。車のなかで、その形のまま固まってしまったのではないかと思われるほど長く吸い、乳首の芯を硬くしこらせる。

「あっ、はああーっ」

すでに喘ぐのに慣れだした美千留の声が、魔を思わせる霧のなかでか細く続いた。

帰路、藤代は車を走らせながら、ほとんどずっと美千留の手に自分の手を重ねていた。レバーを操作するときだけ離して、またすぐに可憐《かれん》な手の上に戻る。

私に執着するつもりかしら？　と美千留は思った。そのことを心地《ここち》よく感じながらも、男の変化に内心、冷めた目を向けている。山から下りる道すがら、藤代はこれまでの教師生活のなかで印象に残った女生徒の話をしはじめた。美千留はどうやらその三人目で、かつもっとも鮮烈な印象になりそうだ、という趣旨《しゅし》のことを言いたいらしかった。

「父には女がいるの……」

美千留はその頃、自分をわかってくれそうな誰それに、試金石のように言ってみるのと同様に、打ち明けた。藤代はショックを受けたような顔をして、美千留を見つめた。重ねている手を、ギュッと力を込めて握ってきた。

僕の父親は早くに亡くなったから、その後、未亡人になった母が世間に色っぽく思われたりすると厭《いや》だった、と話した。美千留の傷に理解を示そうとする態度だ。何層にも入り組んでいるに違いない少女の精神構造に、彼が惹きつけられつつあるのは間違いなかった。

ある種いびつで、棘《とげ》をいっぱい秘めた美千留の心――。まだ二十歳に満たないというのに、もう長いこと人生に倦怠《けんたい》している女のような目を持っていた。どんなふうに扱われたら男に対して素直になれるのか、自分でもわからない。

たぶん、素直になったとたん、心の底から崩れ去ってしまう。相手の男にずぶずぶと溺《おぼ》れていき、建設的なことは何一つ手につかなくなることだろう。

だって、自覚的には九歳のときから、親に心を打ち明けることをやめて、自分だけで立ってきたのだから。親に駄々《だだ》をこねて甘えたことも、親の前で涙を見せたこともなかった。人からは「成績がよくて、しっかりしたお嬢さん」と褒められたけれど、内実はもうボロボロに壊れているのに、無理やり平気な振りをして立ちつづけていたのだ。

もう、ずっと前から内面はどうしようもなくなっていた。親の前では絶対に泣かず、一人でベッドに入って、自分を抱きしめるようにして泣いた。

ときどき突拍子もない行動をとってしまうのは、そんな歪《ゆが》んだ心の反動だと思っていた。やはり、同級生の男の子の住む町に衝動的に降りたって、泣きながら電話したことがあった。驚いたその子がバイクで迎えにきてくれて、彼の家でお母さんにお昼を出してもらった。

電話で泣いたのは、まったくの演技だった。おそらく美千留は、人前で本心からは泣けなかった。でも、「傷ついた少女を演じること」なら、わけもなくできた。本当は傷だらけだったのに、それでも人前に心の内奥を見せることはなかった。エキセントリックな演技によってのみ、理解者を求めようとしていた。

同級生の男子には、美千留のする「家庭の事情」の話は重すぎた。とても、高校生くらいの男の子に支えられたものではなかった。そんなこと自分にはどうしようもない、というような反応をされた。精神分析的に言えば、美千留はそれで大人の男である藤代を、新しいターゲットにしたのだろう。

文学青年崩れの藤代は、美千留の家庭の事情に大いに惹きつけられたようだった。国道脇で車から降りたときには、彼が美千留を見る目は小説のヒロインに向ける眼差しに変わっていた。痛々しいと思い、心情的にのめり込みだしているようでもあった。

歩きだすとすぐに美千留は、パンティの股の部分が秘部に冷たく張りつくのを感じた。家に帰って、真っ先にトイレに入った。父は女のところに行っていて、帰ってこない日だった。母はまだ店にいるらしく、帰宅していない。

親のことはどうでもいいが、しばらく一人でいられたのは幸いだった。おしっこをしてペーパーで股の間を拭うと、おびただしい量の体液が付着した。そんな自分の体の反応に、びっくりした。あまりに生きているのが苦しかったので、それまでにも美千留は、唯一、神の至福を感じられる行為として、マスターベーションをすることがあった。でも、これほど濡れたことはなかったように思えた。

お出かけ用の服を脱いで、普段着の丸首セーターとスカートに着替えようとして、姿見で「藤代に弄《いじ》られた体」を眺めた。きつく吸われたせいで、首の付け根や耳たぶにいくつも、紫色の痕が残っていた。高校教師につけられたキスマークを衿《えり》を立てて隠すべく、美千留はポロシャツを簞笥《たんす》の引き出しから取りだした。

4

三十六歳だった藤代の、あのときの年齢を超えた今となっては、美千留には彼が直面していたであろう葛藤《かっとう》が、よくわかる。

すでに妻帯者だった彼には、女と交わる行為はたやすかったはずだ。だが、一部の女子高生が援交や出会い系によって売春婦化したというような社会現象は、起こっていなかった時代である。女性が複数の男性経験を持つことも、まだまだタブー視されがちだったから、女生徒の処女を奪うことは一生を狂わせる意味合いすら帯びていた。

藤代は曲がりなりにも、勤務先の高校に在籍中の美千留に、そんな大それた責任を負う覚悟は持てなかったのだろう。それに、ほどなく美千留は卒業する。卒業してしまったら、男性教諭と一女子生徒という関係から、ごく一般的な男と女の仲へ移行しても許されるのではないか、と思ったのかもしれない。

性交を急ぐ代わりに彼は、バージンである美千留の肉体を、彫塑《ちょうそ》作品でも造るようにこね回す。

夕暮れどき、社会科資料室のガラス戸棚の陰で羽交《はが》い絞《じ》めにされ、制服の胸を揉みたてられる。ブレザージャケットの衿元から手を入れられて、白いシャツの上から、出来上がったばかりの膨らみに指を食いこまされる。清楚《せいそ》なブラジャーに支えられた美千留の胸は、柔らかいながらも、はちきれそうな弾力に満ちている。あたかも、男の手を加えられて熟していくのを待つみたいに。

「何日か前に電話したけれど、誰も出なくて鳴りつづけていた……胸が締めつけられるような気持ちになったよ」

この人は、不幸な事情を秘めた少女である私に、限りなく傾斜しようとしている。ブラジャーを外され、乳房を露わにされながら、美千留は冷ややかな気持ちで教師の凡庸な言葉を聞いている。

乳首を弄られ勃起させられるのには、すっかり慣れていた。怜悧《れいり》な目をほんの少しも曇らせることなく、相手の言動を絶え間なくチェックしながらも、美千留は体を弄られることに快楽を覚えるようになっている。

「あぁ……はあぁ」

人に聞かれるのを恐れて声を押し殺しつつ、教師に弄られるようになって敏感さを増した女性器を、豊潤な体液で濡らす。ジャケットを脱がされ、シャツの前をはだけられた。そんなしどけない姿でガラス戸に髪を擦りつけて、いやいやをする。

十八歳直前の、固い蕾《つぼみ》のような肉体に手を加えることは、長らく社会でまっとうなポジションを守ってきた男を、モラルを超えてワクワクさせるのか？　藤代はジャケットと揃いの、黒い襞《ひだ》スカートを捲りあげた。粗野《そや》なところが多分に残っている女子高生の太腿に、歪んだ愛しさに満ちた接吻《せっぷん》を浴びせかける。

淡いオレンジ色のパンティをずらされ、秘部を覗きこまれる。いつもながら、すごく濡れていた。性に目覚めたばかりの体は、少し弄られただけで即座に反応してしまう。

「ね……ね」と切なく同意を求めながら、藤代が恥毛の陰で閉じている秘裂に、舌を差しこもうとする。

「はうう、いやっ、そんなことっ！」

思わず叫び声をあげて、美千留は太腿を固く閉ざした。何よりも、誰にも見せたことのない陰部を、間近で眺められるのは抵抗があった。手鏡を使って、その部分を自分で見たことはあるが、ヌメヌメした原初的な肉の構造は、あまり美的とは思えなかった。

「いやっ、いやっ！」と小さく抗《あらが》いながら、太腿をこじ開けられる。腔腸《こうちょう》動物じみた粘膜状の秘肉に、教師の舌が侵入してくる。

「ああーっ、そんなのダメェッ」

秘裂の入口でヒクついていた肉芽を、濡れた舌で押さえこまれた。「先生、いやあっ！」と叫びつつ、目をギュッと閉じて美千留はのけ反った。「先生」といつもの呼び方をすることによって、藤代をさらに冒険に踏みこませることになるとは露知《つゆし》らず。

大陰唇を指で開かれ、陰核を分厚い舌でゆるゆると掃きたてられる。次第に、体の力が入らなくなっていく。

「感じる？……いい気持ち？」

普段とはトーンの違う声でささやきかけ、男性教師がしこった肉の突起を吸いあげる。

「あっ、はっ、ああっ……」

唇を被《かぶ》せて緩《ゆる》く吸われると、蕩《とろ》けそうな気分になった。学校で淫靡《いんび》な行為をされることで、藤代との間に共犯意識が芽生《めば》えていきそうだ。

そんなふうに体はされることに没頭しながらも、美千留は自分たちの姿を映像を見るような目で眺めている。肉体に踏みこまれた初めての相手だから、一方である種潔癖《けっぺき》な感情も際立《きわだ》ってくる。予想もしていなかった感じ方をさせられて、自分を強引に女の領域に引きこもうとする大人の男に、拒否反応めいた気持ちが湧きあがった。

戸棚のガラス戸に髪を擦りつけて喘ぎながら、美千留は自分の太腿の付け根に唇を寄せている男の頭部を、他人事めいた心情で見下ろしていた。短めの頭髪や首へ連なっていく様を、どこか気色悪いとすら感じる。性的なことをされる前はそんなこと感じていなかったのに、体にまつわりつかれたとたん、現実の男への嫌悪が込みあげてくる。

「あっ、ああっ……はああっ……」

絵に描いたような理想の恋人じゃなくて、さして格好いいわけでもない中年男に、恥ずかしい部分を舐《な》められている。そんなことをされている自分自身にも気色悪くなりながら、「もっと、して」とでもいうように、秘肉を教師の口にグイグイ押しつける。半ば、自暴自棄になるみたいに。

「ああんっ、ああーっ！」

ほどなく、唐突《とうとつ》なピークに見舞われた。女らしい丸みが付きだした腰がブルブル震え、性器が痙攣《けいれん》する。この一年ほど、自分の指でオーガズムを得るようにはなっていたけれど、男の口でイカされるなんて初めてだ。

「いやっ、もう触らないでっ」

我を忘れた姿を見られる羞恥《しゅうち》に茫然《ぼうぜん》として、美千留は藤代の頭を払いのけた。ピクッピクッと引きつれる肉穴を感じ、たまらなくなる。そこに男のあれが入るという情報が、現実感を伴って思いだされる。

まだ男性器をインサートされたことのない処女には、挿入の欲望はない。ペニスが勃起するという知識は持っていても、具体的にどうなるかすら見たことがないのだ。藤代には「ペニスを入れたい」という欲望はあるはずだが、少なくとも急いで遂行しなくてもいいと思っているらしい。

そんなふうに男の側の欲望だけを掻きたてられるのだから、バージンは強い。相手にのみインターコースへの思い入れが強く、悶々《もんもん》としているとしたら、何もしなくても優位に立てるというわけだ。

収縮する秘穴に惹きつけられるように、藤代が再び秘部に顔を寄せてきた。ゆっくり床に崩れおちていきながら、美千留は秘肉が大きく開くのに任せた。やがて臀部《でんぶ》が床に着くと膝を外に開き、教師に見られるままとなる。

「気持ち、よくして……もっと」

青リンゴのような生硬な体を差しだすなかで、徐々に女の傲慢《ごうまん》さを身につけていく。大人の男を操る快感に、妖《あや》しいまでに浸りはじめる。

幼い頃から男女のことは、周囲の大人によって、うんざりさせられるほど刷りこまれてきた。だから、美千留が何も考えなくても、肉の奥底から男を翻弄する因子《いんし》が勝手に出てきて、活動しだす。それらの刷りこみが、やっと現実の男に向けて使われだしていた。

自分がそんな段階に至ったことが、美千留には率直に嬉しかった。もっと引きかえせないほどに、藤代を狂わせてみたい。自分を壊れ物にした大人たちへの復讐に焦《こ》がれながら、出来上がったばかりの身を教師の愛撫に投げだしつづけた。

5

「お前に電話があったぞ」

たまたま家にいた父親が、疑心《ぎしん》に満ちた目をして言う。「T高の藤代とかいう男……あれは教師か？」

遊び人の父は、学校の先生から電話がかかってきたというより、明らかに美千留を狙う男から、というふうに探りを入れる。

「まあね。それが、どうかしたの？」

疚《やま》しい気持ちなど微塵《みじん》もなく、美千留は父親の心配を鼻でせせら笑った。私のバージンがいつ奪われるか心配なら、ずっと付きっきりで見張っていればいい。

愛人を作るのが男の甲斐性《かいしょう》と得意がる間に、幼時からのトラウマを抱えた娘は、愛情を求めてさまよい、真新しい肉体で男をいたぶりはじめる。バージンを失うくらい、男の性欲を向けられるくらい何？ 心に蓄積した山ほどの棘のほうが、よっぽど危険なんだ、と言いたかった。

今やコントロール不能なまでに屈折した美千留には、男が女を求める肉欲を利用して、男のなかになだれ込みたい、という衝動がある。若い女の肉体に多くの男が惹きよせられるのなら、危ない棘を甘く魅惑的な蜜でカバーして、男の心に飛びこみたい。

父親は年頃の娘の動向を察知してはいたが、定期的に愛人のところに行かなければならず、どうにも見張りきれない。だから、またしても美千留は野放し状態だ。女たらしの父をハラハラさせるのが愉快でたまらず、彼の心配を超えて危うい領域に突きすすもうとする。

男全般へのサディスティックな感情と、限りなくなだれ込んでしまいそうな衝動が、自分のなかでアンビヴァレンツに拮抗《きっこう》している。親に対しては、そもそも凭《もた》れかかれない。父に確かな愛情を期待しても、しばしば愛人を優先され裏切られてきた。結局のところ、親子関係より男女関係のほうが優位に立つ。それが、物心ついて以来、美千留が父親から日常的に教わってきたことだ。

そんな父親への復讐心が、関わってくる男たちにも容赦《ようしゃ》なく向けられる。男の狡《ずる》さや節《せつ》操《そう》のなさを、家庭で厭というほど教育されてきたから、美千留にはどうしようもなくシビアに男を見てしまうところがある。

高校の卒業式も滞《とどこお》りなく終わると、いよいよ新生活へ向けて飛び立つときがやってきた。四月、美千留も大学のある京都で暮らしはじめた。借りたのは、学生用の下宿ではなく、一般人の住むアパートの一室だ。始めから男を連れこむことを意図していたので、異性の立ち入りを禁じている学生の住まいは選ばない。

藤代からは三日と空けず、長文の手紙が届いた。切々としたタッチで、読んだ本の感想や日々の雑感めいたことが書きつづられていた。知らない土地での一人暮らしで、友人も見つかっていなかったから、美千留もその一々に返事を出していた。

とはいえ、美千留の生活には早々に、藤代への手紙には書きしるさないような変化が生まれていた。同じ科の山折一太《やまおりいちた》という青年と、急接近していたのである。そもそも美千留は演劇部へ入りたいと思っていたが、クラスの自己紹介のとき、一太は五つほどある学内の演劇サークルすべてに行ったという話をした。それで「この人に訊いてみよう」と思って、美千留のほうから声をかけた。

御所の芝生に座って話すうち、演劇以外の話題でも盛りあがった。一浪したという彼は十九歳で、長身だ。三十六歳の藤代に比べて年恰好が自分にふさわしい、と美千留はたちまち好意を持つようになった。

さらさらした髪もジーンズの似合う長い脚も、藤代にはないものだった。手紙には新たな学生生活のあれこれを書きながらも、十代の恋心はあっけなく一太に傾いた。というより新生活が始まった時点で、藤代とのことはすべて郷里に置いてきたつもりになっていた。親元を離れて大学生になるとともに、それまでの自分とは断絶した境地が芽生《めば》えている。高校教師とのあれこれは、急速に過去のものになっていたわけだ。

わずか一ヶ月そこそこで、美千留は心のなかで急速に、藤代への距離感を変えていた。手紙の返事は習慣的に書いていたが、日増しに一太を思う比重が強まっている。

ゴールデンウィークに京都へ行く、という知らせを藤代から受けとったときには、何のためにわざわざ来るんだろう、と厄介《やっかい》に感じたほどだ。一太との関係は十代の恋愛そのものので、日々微妙な進退を繰《く》りかえしていた。男を連れこむという当初の目的どおり、美千留はさっそく自室に一太を伴い、ペッティングまで進んだ。だが、若い潔癖さゆえに、彼は「やはり、違う」という言葉を残して去ってしまった。

早くも失恋した、と美千留は涙に暮れたものの、次の週になると再び一太が舞いもどってきた。関係がなかなか定まらず、毎週大揺れに揺れていたので、藤代に出す手紙もはっきり拒絶する文面にはならなかったのだ。

藤代が京都に来るという日、美千留は桜色のブラウスとフレアースカートという春らしい装いで、駅に向かった。小柄な中年男が両手に紙袋をいくつも提《さ》げて改札に現われたのを、かなりの違和感とともに迎える。

それらの荷物は、要するに美千留への貢物《みつぎもの》だった。分厚い事典や書物の他に、高価な菓子類も含まれていた。

「アリスの食べるスイーツですよ」

とりあえず入った喫茶店で、テーブルの向こうから顔を寄せるようにしてささやかれたとたん、激しい嫌悪が噴きだしてきた。高二のとき美千留は文芸部の文集に、『不思議の国のアリス、その後』という創作を載せたが、愚かな女子高生の感覚丸出しで、「アリスが娼婦になって、男を待っている」というような終わらせ方をして喜んでいた。

自分としてはもう、過去の過去くらいに遠くなっていることを持ちだされた上、学生には不相応な金額とわかる品を持ってこられた。全然違う、としらけながらも、コインロッカーにそれらの荷物を入れて、どこかへ行こうとする藤代に従った。

電車に乗せられて宇治《うじ》に着くと、説明もないまま藤代は山のほうへ歩いていく。途中で茅葺《かやぶ》きのお堂を見学したが、それは大きいものではなく、じきに山道に入りこんだ。

人が来ないような奥まったところに辿《たど》りつくと、いきなり抱きよせられた。木々や丈の高い草ばかりが、鬱蒼《うっそう》と生い茂っている場所だ。唇に吸いつかれそうになったとき、わずか一ヶ月前とは打って変わって、美千留は激しく抵抗した。

「いやっ！　やめてっ、やめてくださいっ！」

藤代にとってはむろん、そんな美千留の態度は予想を裏切るものだっただろう。

「なぜ？」

繰りかえし、強く訊かれた。こんなはずはない、とたじろぐとともに、青ざめて固まっている。

「とにかく厭《いや》なんです。私にはもう、そういうつもりはありませんから」

美千留は正々堂々と、不条理な拒絶を押しとおした。つれない態度は、新幹線に乗って京都まで来た中年男の愚かさを際立たせていた。あたかも、藤代にピエロの役回りを与えることが、彼に近づいた最大の目的だったかのようだ。

前日、一太に改めてキスされていた。彼はアクセサリー箱のなかから、「約束の印に」と星座マークの安指輪を取り出して、塡《は》めてくれた。その左手の薬指を、美千留は純粋なものを守るように、拳のなかで握りしめていた。

父の愛人の話を聞いて、正義感の強い一太は「そんな家があるなんて、信じられない」と憤《いきどお》った。長らく虐《しいた》げられていた自分の代わりに、お前の家はまともじゃない、と怒ってくれる人を欲していたのかもしれない……。美千留は初めて、十代の少女らしい恋愛感情を持てそうな気がした。


その山の上には、特に見るべきものはなかった。今度こそ関係を先に進めようという藤代の肥大した欲望だけが、木立の間に宙ぶらりんとなって浮かんでいた。

数ヶ月後、一太とセックスするようになって初めて、藤代が貢物とともにやってきたのは、やはりこれが目的だった、と美千留は遅ればせながらに理解した。そして、二十年のときを経た今となっては、あのときの自分が、哀れな子供時代を弔《とむら》うための犠牲者を求めていた、とはっきりわかっている。

インターコースは結局、藤代に与えなかった。自分は痛くも痒《かゆ》くもなく、相手の男だけが悶々としているのを傍観して、涼しい顔をしていた。

高校教師を惑わしたあげく脈絡なく放棄し、道化じみた悲哀を味わわせた毒々しさ！ でも、そのプロセスを経ることによってのみ、美千留はアンバランスな少女だった自分に幕を引き、先に進んでいけたのである。十代の未熟さゆえの残酷な感情が、あのとき心の内側に鮮烈に焼きついた。

嵌《はま》ったデパートガール

神子清光

著者・神子《かみこ》　清光《せいこう》

一九六七年東京生まれ。日本大学芸術学部中退。シナリオライターを経て、二〇〇二年『処女姉妹』でデビュー、「凌辱系官能の新星」と騒がれる。二〇〇七年に発表した書下ろし長編『蜜色の檻《おり》』は、官能とパニック・サスペンスの融合という革新的手法で話題に。

1

人気《ひとけ》が絶えても、つい今し方まで繰《く》りひろげられていた乱痴《らんち》気騒《き》ぎの残滓《ざんし》が、店内の空気をねっとりと湿らせていた。

「それじゃあ、どうしても妹と会わないようにはしていただけないんですね？」

上村塔子《うえむらとうこ》は流麗《りゅうれい》な細い眉をきゅっと引き締め、上目遣いに男を睨《にら》んだ。

「だから、いってるじゃないですか。会いに来るのは彼女のほうで、ぼくじゃない」

睨《にら》まれた男——剣崎栄一《けんざきえいいち》は苦く笑ってラークをくわえると、カルチエのライターで火をつけた。キザな仕草だった。それが板についてもいた。

ここは閉店後のホストクラブ。剣崎はこの店のナンバーワン・ホスト。

塔子《とうこ》がこんな場所へ足を運んだのは、妹の眞由《まゆ》のためだった。

眞由は最近、大学の授業も疎《おろそ》かにして、夜遊びにばかり熱心だ。心配になって問いつめたところ、「ホストクラブにはまっちゃって……」としぶしぶ白状した。そのうえ、その軍資金を稼ぐために、水商売のアルバイトまでやっているらしい。

天真爛漫《てんしんらんまん》な性格で、おしゃれや盛り場が大好きな妹とはいえ、さすがにそれは羽目《はめ》を外しすぎだと思った。

歳は三つしか違わないが、早くに母を亡くしたから、塔子は眞由の母親代わりでもある。とても放ってはおけないとあれこれ考え、貢《みつ》ぎ先の男のもとへこうして直談判《じかだんぱん》にやって来たのである。

「あの、ですから……剣崎さんのほうから、もうここには来るなといっていただければ、妹も諦めるかと……」

「お金を払ってくれるお客さんに、来るなとはいえませんよ。それに……」

剣崎は大仰《おおぎょう》に首を巡らせ、店内に人が残っていないことを確かめた。

「正直、ぼくと眞由ちゃんはもう、お店だけの関係じゃないもんでね」

「どっ、どういう関係なんでしょう？」

「それは、まあ……」

剣崎は卑猥な笑みをこぼして、セカンドバッグからポラロイド写真を抜きだした。

妹の顔写真だった。ただの顔写真ではない。さくらんぼのような可憐《かれん》な唇で、屹立《きつりつ》した男性器を咥《くわ》えこんでいた。上目遣いにカメラを見ている眞由の目は、恍惚《こうこつ》に蕩《とろ》けきっている。

「こっ、こんなものっ……」

塔子はみるみる頬をピンク色に染め抜いた。肉体関係そのものは予想していたものの、あまりに淫らな妹の顔つきに言葉を失ってしまう。しかも、こんな写真まで撮らせるとは、ふしだらにも程《ほど》がある。

「ふふっ。これで、どういう関係かおわかりいただけましたか？」

唇を震わせるばかりの塔子に、剣崎は勝ち誇った笑みを浴びせてきた。

「まあ、こういう商売をしていますとね、お姉さんみたいな人がよくやって来ますよ。なかには、うちの娘と別れてくれれば、五百万出すなんてお母さんもいた……」

塔子はハッとした。口調は丁寧《ていねい》でも、ホストはやはりホストだった。手切れ金を要求しているのだ。こんないやらしい写真を撮影したのも、金を引きだすための手練手管《てれんてくだ》に違いない。

あまりに卑劣なやり方に、虫酸《むしず》が走った。こんな男と付き合っていれば、妹はボロボロになるまで水商売で働かされ、絞《しぼ》りとられるだけ絞りとられてしまうだろう。

「ごっ、五百万はとても無理ですが、二百万円くらいなら……」

塔子は声を震わせていった。

「お願いです。それで妹と別れてください」

「お姉さん、デパガなんでしょう？　そんな大金、持ってるんですか？」

せせら笑うようにいう剣崎を、塔子はキッと睨みつけた。デパートガールだって、定期預金と保険を解約すればなんとかなる。

「まったく、いまどき珍しいくらい、妹思いのお姉さんだな」

剣崎はもったいつけるように紫煙を吐きだしながら、まじまじと塔子を見つめてきた。舐《な》めるような視線が、白いハイヒールからパールカラーのツーピース、そして顔へと、ゆっくりと移動していく。

「しかし……姉妹なのにあんまり似てませんね。眞由ちゃんもアイドルみたいに可愛《かわい》いけど、お姉さんは気品があって正統派の美人だ」

塔子は口もとをきつく結んだ。ホストの戯《ざ》れ言に付き合うつもりはないという意思表示だった。

「そうだな。唯一《ゆいいつ》、ふっくらした唇だけは似てるかな」

剣崎はおもむろにソファから立ちあがると、ずいっと塔子の前に進みでてきた。

「ねえ。お姉さんも、これと同じことをしてくれませんか？」

妹の淫らな口腔奉仕の写真が、目の前に突きつけられる。

「やってくれるなら、眞由ちゃんとは別れましょう。お金もいりません」

「そっ、そんなっ……冗談はやめてください」

塔子はアーモンド型の麗しい瞳をさっとそむけた。馬鹿にされているのだと思った。ホストクラブなどに足を運んだこともない自分を、この男はからかっているのだ。

しかし剣崎は、あくまで真剣な面持ちで塔子を見てくる。口もとだけが、底意地悪く歪んでいる。

「本気ですよ。お姉さんがあまりに一生懸命なんで、破格の条件を考えたんですがね。まあ、無理にとはいいません。ぼくだって、女に困っているわけじゃない」

腕をかざしてロレックスを見た。剣崎はこのあと常連客と食事をするらしく、接見は三十分といわれていた。

どっ、どうすればいいのっ……。

むろん、こんな女の敵のような男のいいなりになりたくなかった。とはいえ、こんな男だからこそ、妹とは一刻も早く別れさせなければならないとも思う。

塔子は覚悟を決め、背中まである長い黒髪をかきあげた。

「わっ、わかりました。このことを口外しないで、きちんと別れてくれると約束していただけるなら……」

「約束しましょう。これでも女にかけてはプロですからね。眞由ちゃんを傷つけないように、きれいに別れてみせますよ」

剣崎は不敵に笑うと、無遠慮にスーツのズボンを脱ぎはじめた。

男の欲望器官は、すでに隆々《りゅうりゅう》と勃起しきっていた。

塔子は射すくめられてしまった。黒々と淫水灼《や》けし、軋《きし》みをあげて反《そ》りかえった野太い胴。矢尻のように張りだしたカリ首。こんなにも大きく、凶暴な逸物は、見たことも、想像したことすらなかった。

「申し訳ないけど、あんまり時間もない。急いでもらえますか」

剣崎が急《せ》かしてくる。塔子はこわばりきった動作で彼の足もとにひざまずいた。膝が震えだし、心臓が狂ったように早鐘を打ちはじめていた。

触りたくなかった。それでも、勇気を振り絞り、黒光りする屹立の根元に白い指先を絡めた。伝わってくる妖しい脈動に身震いしながら、ピンク色の舌をそっと差しだし、おずおずと伸ばしていく。

「うんっ！」

亀頭の裏側をねちゃりと舐めた。

持ち主の冷徹な態度とは裏腹に、男性自身は舌が火傷《やけど》しそうなほど熱化していた。しかもたったひと舐めしただけで、跳ねるように角度をあげ、硬度までぐんっと増した。

身の底からおぞましさがこみあげてきた。正直、こんないやらしい愛撫は大嫌いなのてしまう。

考えない卑劣漢のものを舐めなければならないと思うと、屈辱に胸が張り裂けそうになっだ。愛しあった男にさえ、ほとんどしたことがない。なのに、女を食い物にすることしか

だが、いまは一刻も早く射精に導くことだけを考えねばならなかった。縮こまる舌を懸命に躍らせ、亀頭を愛撫した。敏感そうな部分をくまなく舌腹で擦りあげ、裏筋までねっとりと唾液の光沢を纏《まと》わせていく。

「うんっ！　うんっ！」

限界まで口を割りひろげて、唇でカリ首をぴっちりと包みこんだ。むっとするホルモン臭が、鼻奥をしたたかに打ちのめしてくる。死ぬ思いでこらえ、チュパチュパと先端をしゃぶりあげていく。

「ふふんっ。なかなか気持ちいいですよ。お姉さんは美人だから、眺めもとってもいい」

剣崎が愉しげに塔子の顔を覗きこんでくる。鼻の下を伸ばした恥ずかしい顔を、まじまじと眺めまわされる。

「でも、そんなおとなしいやり方じゃ、いつまでたってもイケませんねえ」

いうや否や、塔子の黒髪を鷲づかみにし、腰を突きあげてきた。長大な肉棒を、喉奥まで一気に突っこんできた。

「んぐうっ！　んぐうううううーっ！」

「そーら、そーら。もっと奥まで咥《くわ》えこむんだ。眞由はいつだってしっかりイラマチオしてくれたぞ。お姉さんのくせに、そんなだらしないことでどうする」

顔ごと貫きとおさんばかりの勢いで、じゅぽじゅぽと巨根を抜き差しされる。

息苦しさと屈辱に、塔子は鼻奥で悶《もだ》え泣き、熱い涙をどっとこぼした。

それでも剣崎は大胆に腰を突きあげてつづけ、やがて煮えたぎる白濁を喉奥に注ぎこむまで、塔子の美貌をみっちりと蹂躙《じゅうりん》しつくした。

2

「上村さん、最近なんだか元気がないわね。彼氏にでも振られちゃったの？」

先輩の女子販売員が、塔子の顔を覗きこんできた。いつも意地悪な嫌味をいってくる、このフロアのお局《つぼね》様だ。

「そっ、そんなことありません」

塔子はひきつった笑みを返し、逃げるようにその場をあとにした。

ここは都心にある名門デパートの紳士服売り場。

案内係を務めている塔子は、色鮮やかなライムグリーンのジャケットに身を包み、同じ色のラインが入った黒い帽子を目深《まぶか》に被《かぶ》っている。一般の女子販売員は、紺のベストにスカートで帽子も被っていない。ひとりだけ特権的な衣装を身に着けた塔子は、生来の美貌や気品と相俟《あいま》って、紳士服売り場の華《はな》と評されていた。

むろん、案内係に抜擢されたのは、見た目だけが理由ではなく、誠実で熱心な接客態度が評価されてのことである。並みいるライバルから勝ち取ったこのライムグリーンの衣装はだから、塔子にとってささやかな誇りでもあった。

とはいえ、ここ何日かは気もそぞろで、いつもなら考えられないようなミスを連発していた。口惜《くや》しいが、お局様の嫌味も致し方ないことなのだ。

昼前のまだひっそりとしたフロアにヒールの音を響かせながら、塔子は忸怩《じくじ》たる思いを噛《か》みしめていた。

剣崎に直談判に行って以来、妹は毎晩家にいる。ひどく塞《ふさ》ぎこんでいる様子から察するに、どうやら約束は守られたらしい。

しかし、塔子自身が負った心の傷も計り知れなかった。剣崎の情け容赦ないイラマチオで泣かされたおかげで、男性不信に陥りそうだった。もともと異性には奥手なほうだから、なおさらだった。こんなことなら、無理やりにでもお金で解決すべきだったと、後悔ばかりがこみあげてくる。

「その制服、とっても似合いますね」

いきなりうしろから声をかけられ、心臓が停まりそうになった。あわてて振りかえると、その倍のショックが襲いかかってきた。目の前に、あの剣崎が立っていたのだ。

「なっ、なんでしょうかっ……」

営業スマイルを凍りつかせて、ようやくそれだけを口にする。

「ふふっ。お姉さんのことが忘れられなくてね。わざわざ会いにきたんですよ」

「こっ、困りますっ！」

長い黒髪を翻《ひるがえ》して立ち去ろうとした瞬間、剣崎に腕を握られた。

「待ちなよ。つれない態度は、これを見てからでも遅くない」

まわりに目立たないようなさりげない仕草で、ポラロイド写真を見せてくる。

塔子は今度こそ本当にショック死しそうになった。

その写真に映っていたのが、剣崎の足もとにひざまずき、極太の肉棒を舐めしゃぶる、塔子自身の姿だったからである。

「よく撮れているでしょう？　控え室に残っていた後輩が、気をきかして撮ってくれたんですよ」

塔子はみるみる顔を真っ赤にしながら、目だけでフロアを見渡した。客は遠くに数人、販売員も自分の仕事にかかりきりだ。それを確認してから、おずおずと口を開いた。

「おっ、お金ですね……」

こんな男に貯金の額を教えた自分は、心底愚かだった。

「こっ、この写真を二百万で買いとれって、そういうことですね？」

「いやだな。ぼくはお姉さんが思ってるほど、金に飢えてるわけじゃない。そのかわり、名門デパートで案内係を務めるような、清楚《せいそ》な美女にはものすごく飢えてる」

剣崎は血も凍るような恐ろしい台詞《せりふ》を吐くと、不意に歩きだした。目顔で、塔子にもついてくるようにうながしてくる。

気がつけば、塔子はふらふらとあとにつづいていた。頭の中が真っ白になり、まともな判断などできなかった。

剣崎が目指したのはトイレだった。男性用のほうに、抗《あらが》う間もなく引きこまれた。

幸い、あたりには人気がなかったものの、こんなところを誰かに見つかれば、身の破滅である。

「スカートを脱ぐんだ」

個室のドアを閉めるなり、剣崎が命じてきた。

「ええっ？」

塔子は清楚な美貌をくしゃくしゃに歪めた。泣きそうだった。なんでこんな場所で、誇り高き案内係の衣装を脱がされなければならないのだろう？

「むっ、無理ですっ……そっ、そんなことっ……できわるけがっ……」

「やらないと、おしゃぶり写真がどうなっても知らないよ」

剣崎はギラリと顔をたぎらせ、殺し文句を囁《ささや》いてくる。

塔子の美貌がさらに歪んだ。

「それとも、手伝ってほしいのかな？」

「じっ、自分でできますっ！」

身体を触られそうになり、反射的にいってしまう。

「だったら、早くするんだ」

「うっ……ううっ……」

悲痛に呻き、腰裏のホックをはずしはじめた。仕方がなかった。あんな写真を撮られてしまった以上、もはやこの男に抗う手段はないのかもしれなかった。

ジッパーをさげ、黒いタイトスカートを足から抜く。光沢のあるナチュラルブラウンのストッキングと、その下に穿《は》かれたピンクオレンジのパンティが露わになる。

「制服も似合うけど、中身はもっと素敵だね、お姉さん」

「いっ、いやっ！」

下腹部に伸びてきた手を押しかえした。けれども、逆にその手を取られ、両の手首を重ねてつかまれてしまう。

「ああっ、やめてっ！　やめてくださいっ！」

「おいおい。あんまり騒ぐと、人が来たときまずいと思うぜ」

その言葉に、身をよじっていた塔子はぴたりと動きをとめた。

「そうだ。おとなしくしてれば、乱暴にはしないさ」

剣崎はニヤリと笑うと、あらためて下半身に手を伸ばしてきた。なめらかなストッキングの感触と、ヒップの丸みを味わうように、いやらしい手つきで撫でまわしてきた。

「お姉さん、スレンダーなスタイルなのに、お尻はとってもむっちりしてるね」

耳底に熱っぽい吐息を注ぎこみながら、触手にいっそう熱をこめる。肉の弾力を確かめんばかりに、むにゅむにゅと尻たぶを揉みしだく。

淫らな触手は、やがて下腹部の後ろから前へと移動してきた。パンティストッキングのセンターシームに沿って、股間をすうっと撫であげられる。

「くっ、くうっ……」

たまらず塔子は、ぎゅうっと太腿を閉じ、極端な内股になった。膝が震えていた。このままでは女の急所を責められてしまうという恐怖に、震えは瞬く間に全身に波及していく。

「いっ、いやですっ！」

「オマ×コを見せてくれよ」

許しを乞うようにかぶりを振る。

「せっ、せめて仕事が終わってからっ……」

「駄目駄目駄目。いま見せてくれないなら、おしゃぶり写真を眞由に渡すよ。デパートの上司にも送りつけてやる」

「そっ、そんなっ……そんなあっ……」

哀切に首を振りつつも、塔子は逆らえなかった。ぶるぶると双頬を震わせながら、パンティストッキングをおろし、パンティをおろす。剝きだされた白い下肢と、そこに生え茂る豊かな草むらを見られた羞恥に、顔がカアッと熱くなった。

だが剣崎は、丸出しになった下肢にすぐには手を伸ばしてこなかった。意味ありげな笑みを浮かべて、セカンドバッグから怪しげなチューブを取りだした。

「これがあれば、仕事がいっそう愉しくなるよ、お姉さん」

たのだった。

「ひいっ!」

ひやりとした感触が、陰部を襲った。剣崎が、チューブの中身を陰部に塗りたくってき

3

紳士服売り場に戻された塔子は、股間を襲う不吉な刺激に悶《もだ》え苦しんでいた。

たっ、助けてっ……。

剣崎が塗りたくってきた軟膏《なんこう》は、十分と経たないうちにジンジンと陰部を熱く火照《ほて》らせてきた。

とくに女膣の入口あたりの掻痒《そうよう》感は尋常ではなかった。身体に害はないといっていたが、麻薬の一種かもしれない。違法行為に巻きこまれた恐怖が胸を揺さぶったが、それすらかまっていられないほど、掻痒感は刻一刻と高まっていく。

昼休みになれば解毒《げどく》剤をやる、剣崎はそういっていた。塔子の休憩時間は一時半からなので、まだ一時間以上ある。トイレに行って陰部を掻《か》き毟《むし》りたくとも、先ほど十分以上売り場を離れてしまったので、とても無理だった。お局様が意地悪な監視の目を光らせてい

る。

徐々に混みはじめたフロアで接客をしながら、塔子のボディは煮え湯で茹《ゆ》でられるように熱くなっていった。普段は白く冴《さ》えた美貌が艶めかしいピンク色に染まり、噴きだした汗が衣服のなかをじっとりと濡らしていく。シルクの手袋のなかも、パンティストッキングのなかも、気持ち悪いくらいにヌルヌルになっていく。

やがて、ただ真っ直《す》ぐに立っていることすらままならなくなった。いても立ってもいられないような掻痒感に、もじもじと内腿を擦りあわせたり、ハイヒールのなかできつく爪先を折り曲げたり、ときには伸びやかな肢体を痙攣《けいれん》のように震わせなければならなかった。

そうやって塔子が悶え苦しんでいる間、剣崎は紳士服売り場で悠然《ゆうぜん》と買い物を愉しんでいた。ライムグリーンの衣装を纏《まと》ったフロアの華がせつなげに眉根を寄せている様子を眺めては、ニヤニヤと口もとをほころばせていた。

「非常階段の五階で待ってる」

休憩時間の直前、剣崎はそう耳打ちするとフロアから姿を消した。

一時半になったとたん、塔子は一目散《いちもくさん》に非常階段へ向かっていた。本来なら、休憩時間に控え室を出る場合、案内係だけは制服を着替えねばならない。それすらもどかしかった。一時間以上、目も眩《くら》むような掻痒感を耐え抜いたのだ。一刻も早く解毒剤をもらわなければ、気が狂ってしまうと思った。

扉を開け、コンクリートの階段に出る。冬の外気が冷たかったが、気にもならないほど身体中が火照っていた。五階まで、全速力で駆けあがった。人気は皆無だった。ここは非常階段とは名ばかりの狭い階段で、じめじめと暗く、従業員でさえほとんど使わない場所なのだ。

「げっ、解毒剤をっ……」

剣崎の顔を見るなり、塔子は息急き切って訴えた。ガチガチと歯列を鳴らしながら、すがるような目を向けた。

「オマ×コが疼くんだろう？」

塔子はうなずいた。仔犬のように首を前後した。

「いま、楽にしてやるよ」

「なっ、なにをっ……ぅんっ！」

腰を抱かれ、唇を奪われた。解毒剤を求めているのに、キスをされるとはいったいどういうことなのか？　わけがわからなかったが、剣崎は異常にキスがうまかった。チューッときつく舌を吸われると、身体から力が抜けてしまった。

もうすでに、股間に塗られた麻薬が全身にまわり、脳にまで達してしまったのかもしれない。そうとでも考えなければ、この反応はおかしすぎた。

虫酸が走るほど嫌いな男と唇を合わせているのに、ぐんぐん身体が昂ぶっていく。気がつけば、自分から舌を差しだしていた。舌と舌がぬちゃぬちゃと絡みあう感触が蕩けるくらいに心地よく、唾液は甘い蜜の味がした。

「うんっ……んあっ……」

剣崎の手が胸もとに伸びてきた。ライムグリーンのジャケットの上から、むんずとバストを鷲《わし》づかみにされる。神聖な制服を穢《けが》すような、許し難い行為だった。にもかかわらず、制服の下で乳ぶさは熱く燃えあがった。力強く揉み絞られるほどに、むずかるように身悶えてしまった。

「やっ、やめてくださいっ……こんなところで、許してっ！」

最後の力を振り絞り、あえぎながら声を出した。制服姿で、しかも職場のなかで、これ以上の狼藉《ろうぜき》を許すわけにはいかなかった。

だが、そんな塔子をあざ笑うかのように、触手はスカートの中にまで侵入してくる。パンティストッキングの上から、女の割れ目に指をぴったりと押しあてられてしまう。

「くっ、くうっ……いやあっ……」

「なにがいやだ。こんなに濡らしてなにいってやがる」

たしかに、二時間あまりも媚薬に嬲《なぶ》られた股間は、無惨なまでに濡れまみれていた。ピンクオレンジのパンティのなかは熱気でむんむんになり、割れ目から漏《も》れ滲《にじ》んだ花蜜はクロッチの部分をぐっしょりにしていた。わずかに足を動かすだけで、ヌルッ、ヌルッ、といやな感触がするほどだった。

「ああっ……あああっ……」

指が割れ目に沿って動きだすと、塔子は熱っぽい吐息を漏らしながら、身悶えるばかりになってしまった。それればかりか、新たなる刺激に、膣奥で花蜜がじゅんとはじける。女の発情を示すツンと酸っぱい匂いが、風に乗って塔子の鼻にも届いてくる。

「両手を壁について、ケツを出せ」

剣崎が低い声で命じてきた。

塔子は膝をガクガクと震わせながら、いわれたとおりの格好になった。もはや、解毒剤など存在しないことも、自分がこれから犯されることも、充分に承知していた。

それでも逆らえなかった。セックスがしたかった。身の底からむらむらと欲情がこみあげ、逞《たくま》しい男根で貫かれたくて仕方がなかった。こんなにいやらしい気持ちになったのは、間違いなく生まれて初めてだ。

「スカートをまくるんだ」

羞恥にぷりぷりとヒップを揺すりながら、黒いタイトスカートを腰まで引きあげていく。果実のように丸みを帯びた二つの尻たぶを、剣崎に向かって無防備に突きだす。

「ふふんっ。パンストまで汁まみれだぞ。これじゃあ、もう穿けないな」

ビリビリッ！　とナイロンを引き裂く音が響いた。センターシームに沿って、パンティストッキングを破られたのだ。

つづいて、パンティの股布部分が左にずらされた。剝きだしになった花唇を、新鮮な空気がすうっと撫でる。たったそれだけのことが、気の遠くなるような快美感を女体にもたらす。

「いくぞ……」

剣崎は嚙みしめるようにいうと、ズキズキと脈動を放つ切っ先を花園にあてがった。右手でウエストを強くつかみ、そのまま突きあげるように巨根をねじりこんできた。

「あっ、あううううーっ！」

むりむりと肉道を押しひろげられる衝撃に、塔子は叫んだ。背中をそらせ、白い喉を突きだして、狂ったように首を振った。その勢いに帽子が跳ね飛び、つややかな長い黒髪がぶわっと風に舞いあがる。

ずんっ、ずんっ、ずんっ。

火柱と化した巨根が、力強く子宮底を突きあげてくる。一打ごとに体内に灼熱《しゃくねつ》を生じさせる、恐るべき抽送だった。けっして乱暴ではない。ゆっくりと最奥を突かれ、素早く抜かれた。抜かれるときに、凶暴なカリ首が敏感なひだひだを擦りあげ、肉道に溢れた花蜜を掻きだしていく。

たまらなかった。ここが勤め先のデパートで、自分が制服姿であることなど、もうどうでもよかった。

塔子は夢中で五体をよじりまわしていた。悩ましい女の悲鳴をあげて、はしたないまでにヒップを振ってしまった。

全身の肉という肉がいやらしく痙攣しはじめた。

大変なことが起こりそうだった。発展家ではない塔子は、まだ絶頂をきわめたことがない。二十三歳のこの時まで、女の悦びを知らなかった。いままさに、それを経験するときが訪れようとしていた。

ぬちゃんっ、ぬちゃんっ、ぬちゃんっ。

女膣をえぐるような抽送が、次第にピッチをあげてくる。ひだひだがざわめきはじめた。抜き差しのたびに、屹立のほうもますます硬度と熱を増し、肉と肉がぴったりと密着していく。

剣崎は叩きつけるような律動を送りこんでは、ねちっこく腰をグラインドさせた。それを交互に繰りかえしながら、指先で股間を探り、敏感な真珠肉を転がしてきた。

「だっ、駄目っ……」

官能の中枢を襲った衝撃に、塔子の中でなにかがはじけた。

「イッちゃうっ！ イッちゃいますうーっ！」

叫ぶのと同時に、煮えたぎるマグマが膣奥に放出された。次の瞬間、塔子はビクンッビクンッと腰を跳ねさせ、天を仰いで咆哮《ほうこう》していた。恍惚が五体を撃ち抜き、頭の中が真っ白になる。こらえきれない快美の嵐に、シルクの手袋が破れるほどコンクリートの壁を掻き毟ってしまう。

剣崎は断続的に射精を繰りかえしながら、しつこく肉棒を突きたててきた。絶頂を知った女膣はひくひくと淫らに収縮し、男の精を最後の一滴まで吸い搾っていった。

4

剣崎はデパート出ると、立ちどまってラークに火をつけ、ふうっと紫煙を吐きだした。

「ねえ、どうだった！」

すこぶる元気な声とともに背中をポンッと叩かれる。

振りかえると、眞由が、ホストクラブの後輩である洞口《どうぐち》と並んで立っていた。

「なんだ。心配になって来たのかよ」

「そうそう。お姉ちゃん、悦んでた?」

コケティッシュな瞳を輝かせて、ニッと笑う。本当に、まるで似ていない姉妹だ。生真面目な姉に、さばけた妹。見た目以上に中身が違う。

「予定どおりさ」

剣崎はむっつりと答えた。鈍色《にびいろ》の罪悪感が胸にひろがる。

「だから、ちゃんとイッたのかって聞いてんの?」

「そういう予定だったろ?」

塔子を罠にはめたのは、洞口の客であり、恋人でもある眞由に、話を持ちかけられたからだった。

上村姉妹は、塔子が中学生、眞由が小学生のときに、母を亡くした。以来、塔子は眞由の母親代わりになるのだと心に決め、頑《かたく》なに自らを律《りっ》するようになったらしい。成績は申し分ないのに高卒でデパートに就職したのも、男女関係にひどく消極的なのも、母親代わりの自分がチャラチャラ遊んでられないという心情からだという。

眞由は剣崎にこう頼んできた。

お姉ちゃんに女の悦びを教えて、自由にしてあげて——。

いささか常軌《じょうき》を逸《いっ》した頼みごとだったが、眞由は眞由なりに真剣だった。自分のせいで姉に青春を台無しにしてほしくないと、ずっと悩んでいたらしい。

とはいえ、洞口の逸物を咥えた写真を持って、「こんな恥ずかしい写真を見せるくらい、あたしは本気なの」と迫られたときは、さすがの剣崎も度肝《どぎも》を抜かれたが。

「それで、夜もお姉ちゃんと逢うの？　待ち伏せて攫《さら》ったりしちゃうの？」

眞由が悪戯《いたずら》っぽい笑顔で尋ねてくる。

「心配しなくても、彼女がセックスを愉しめるようになるまで、ちゃんとフォローするさ。今夜も逢うし、明日も逢う……」

そうやって逢瀬《おうせ》を重ねていけば、自分のほうがのめりこんでしまうかもしれないな、と剣崎は思った。

眞由の頼みを引き受けたのも、いまどきの女にしては清純すぎる塔子に、新鮮な魅力を感じたからだった。その想いは、肉を交えてますます熱いものになっている。

剣崎はホストになって以来久しくなかった胸の高鳴りを覚えながら、昼下がりの雑踏《ざっとう》にまぎれこんだ。

白肌のアルバム

渡辺やよい

著者・渡辺《わたなべ》やよい

一〇代で『花とゆめ』誌にデビューし、レディスコミック創成期から、過激な画風で第一線の活躍。近年は小説やエッセイも手がけ、〇三年、「R—18文学賞」読者賞を受賞した。著書は小説集『そして俺は途方に暮れる』、自らの虐待体験に材を採る『てっぺんまでもうすぐ』など。

一

「僕がやります！」

思わず右手を挙《あ》げていた。

ざっといっせいに、周《まわ》りの母親たちが正樹《まさき》を見る。その視線の鋭さに彼は一瞬失敗したかな、と首をすくめる。

教室の正面で一人立って司会進行をしていた山崎理沙《やまさきりさ》が、救われたようにこちらを見てかすかに微笑《ほほえ》んだ。正樹は、彼女の青白い頬《ほお》がうす桃色に紅潮したことで十分満足して、大きくうなずき返す。

「それでは卒園アルバムの写真は、私と篠田《しのだ》さんで撮ります。日程が決まり次第、連絡網で回しますので、よろしくお願いします」

理沙が深々と頭を下げるが、母親たちは彼女の言葉が終わらないうちに次々席を立ち、私語を交わしながら教室を出て行ってしまう。正樹はプリントをしまう振りなどしながらぐずぐず最後まで残っていたが、理沙はホワイトボードを消したり後片付けで彼に気がつかないようなので、仕方なく教室を後にした。ホールでは、会合が終わるのを待っていた保育園児たちが、三々五々、親に引き取られて行く。

「百花《もも か》」

正樹はホール口から顔をのぞかせて、積み木をしていた娘に声をかける。

「あ、パパだっ」

長い髪をお下げに結んだ娘の百花が、転げるように走ってくる。その小さい手をとり、出口に向かう。

「百花ちゃんのお父さんたら、美人におやさしいんだから」

すのこ口で靴を履《は》いていると、横から豪太《ごう た》クンの母親が声をかけた。服飾デザイナーをしているという彼女は、いつも茶髪の巻き髪をきっちりセットした派手な美人だが、声にはとげがある。

「そうよぉ、ほんとは剛士《つよ し》クンのお母さんの役目なんだから、彼女が一人でやるべきよぉ」

並んで立っていた恰幅《かっぷく》のいい颯《はやて》クンのお母さんが、甲高《かんだか》い声で口をはさむ。彼女は、アパレル売り場で働いている。業種が近いせいか、豪太クンの母とは仲がいい。二人のそばで、豪太クンと颯クンがふざけ合っている。

「いや、でも、卒園アルバムは、みんなのものですから。皆さんお仕事をお持ちでお忙しいのはわかりますから、出来る人は手伝ったほうがいいじゃないですか。ほら、僕なんか自宅仕事だしフリーだから、時間の融通《ゆうずう》きくしね」

正樹は、波風を立てないように言葉を選んで答える。

「まあねぇ」

二人は不満そうに口を尖《とが》らす。

「あと三カ月だし、最後までらいおん組さんで仲良くやりましょうよ、僕、働き者で、すてきなお母さんばかりのこのクラス、大好きですよ」

正樹は、若い頃はナンパにおおいに役立った人なつこい笑顔を浮かべてみせた。

妻子持ちの中年男にでも、褒《ほ》められれば悪い気はしないらしく、お母さん二人はようやく顔をほころばせる。

「もう、いやねぇ、百花ちゃんのお父さんてば」

「そうよねぇ、あと三カ月ですものねぇ」

ようやく二人に解放された正樹は、百花と保育園から自宅のある駅の方に歩き出す。

「百花ちゃんのお父さぁん」

少し鼻にかかったアルト声が後ろから呼び止める。振り向くと、ママチャリにまたがった理沙が片手を振りながら追いついてきた。後ろの荷台には、剛士クンがこっくりと居眠りをしている。彼女はキィッとブレーキをかけると、ひらりと飛び降りる。その瞬間、フレアのスカートがふわりと舞い上がり、白くむっちりした太股《ふともも》が一瞬だけ正樹の目に焼き付いた。

「今日は本当にありがとうございました」

大急ぎでペダルをこいできたらしく、薄手のオフホワイトのコートからむっくり盛り上がった胸がせわしなく上下する。

理沙は、自転車を押しながら正樹の横に並んで歩く。

「ほんとうに、私ひとりで、どうしようかと思ってました」

少し赤みを入れた柔らかくウェーブしたセミロングの髪から、ほんのりオーデコロンが香る。正樹は思わず深呼吸したくなる。

「でも、クラスのお母さんたち、ちょっと意地悪じゃないですか？　剛士クンのお母さんに全部押し付けることないでしょ？　みんなでやればいいはずなのに」

「いいのよ、もうあと三カ月だし、最後の保育園生活、気持ちよく終わりたいわ」

理沙はきめの細かい白い顔を心持ち上げて、ふうっと遠くを見るような目になる。正樹はこっそりその小作りな横顔を見つめる。

「それじゃ、来週から順次、皆さんの写真を撮りますから、百花ちゃんのお父さん、来週の月曜日、朝、大丈夫ですか？」

いきなり振り向かれて、正樹はあわてて視線をそらした。

「あ、はい、月曜日、大丈夫です」

「それじゃあ、登園時間の朝七時に、保育園の門の前で待ち合わせましょう。カメラ、お持ちですか？」

「もちろん、あります」

「私も持ってきますから、念のためふたりで撮りましょう。それでお願いします。じゃ、月曜日」

理沙は自転車にまたがると、軽く手を振って前の坂道をさーっと下って行った。

サドルの上の意外に肉付きのいい尻を、正樹はじっと見送った。

「パパ、はやくぅ」

百花がじれて、正樹の手を揺さぶる。

二

駅前のマンションの三階の自宅に戻る。

「ただいま」

と、声を出してみたが、誰もいないことはわかっていた。

百花は靴を脱ぐやいなや、ぱたぱたとテレビのあるリビングに走って行く。もうすぐ、お気に入りのアニメの時間なのだ。

キッチンに行き、冷蔵庫を開けてのぞくと、チンすればいいだけのシチューが作りおきしてあった。今日も妻の美奈子《みなこ》は遅い。

今期に入って、妻は受け持ち部署の部長に昇格し、残業がどっと増えた。その分、時間の融通が利《き》くフリーのWEB《ウェブ》デザイナーである正樹は、保育園のお迎えや父兄会出席の頻度が増した。もともと、男勝りでてきぱきしたところが魅力で結婚した美奈子が、仕事で成功して行くのは嬉《うれ》しい反面、とうとう自分の年収を超えられてしまったという一抹《いちまつ》の寂しさもある。しかし、こうやってきちんと家事もこなしていく妻に、何の文句もない。

だが。

気になるのだ。

彼女が。

理沙が。

最初のうちは、保育園の同じクラスで、登園時間も同じで、顔を合わす機会が多いというだけだった。妻の美奈子が、モーニング会議が増えたので、今までは夕方のお迎えだけだった正樹は、朝の百花の登園も受け持つことにした。

フリー仕事のために、朝はゆっくりと時間間際に娘を連れて行く正樹とは違い、ぎりぎりに息せき切って息子の手を引いて飛び込んでくる理沙は、たびたび遅刻もし、保育士から注意されて頭を下げている場面も幾度も見た。色の白いおとなしそうなきれいなお母さんだなぁ、という印象だった。しかし、夕食の席で美奈子から聞いた理沙の職業は、意外なものだった。

「あの人、AVに出てるって話よ」

「ええっ？　まさかぁ、あんなおとなしそうな人がかぁ？」

「紗英《さえ》ちゃんちのお父さんが映画関係のひとで、なんか間違いないっていうのよ。いちおう女優ってことらしいけど、本当はAV専門らしいわよ。それもあれ、なんての、企画もの？」

「なんだよそれ、どういうやつに出てるの？」

「あたしが知るわけないじゃん。この間の父兄会のあとの飲み会で、剛士クンのお母さんが来ないのをいいことにみんなその話で大盛り上がりよ。それに彼女、どうやら未婚のシングルマザーらしいわよ。みんなは、父親がわからないんじゃないかって噂してるの。わけありすぎない？　なんか、クラスのみんなイヤーな雰囲気でさ。あたしはどうでもいいんだけどね。人それぞれじゃん、でも、お母さんたちってすぐそういうことに過剰反応するよね」

「へえー」

それ以来、正樹が理沙を見る目に、多少野卑《やひ》な好奇心が混ざったのは否《いな》めない。こっそりネットでAVを検索し、理沙に面差しが似た女優を探したりした。しかし、園で会う彼女は、さっぱりした服装できちんと挨拶《あいさつ》をする感じのいいお母さんだ。

問題は、同じクラスのお母さんたちだった。

五才の最年長組になり、卒園に向けて父兄でもなにかやろうという話になって、たびたび集まりを持つようになったのだが、理沙をはじこうとする雰囲気が妙に高まってきた。わざと会合の連絡を怠《おこた》ったり、会合に遅刻してきた理沙に声高《こわだか》に「身体を使うお仕事だからお疲れで」などと言う。そういう排除する雰囲気というものは、たちどころにヒートアップする。

（女って怖ぇえ）

正樹は内心辟易《へきえき》した。

しかし、どんなときでも理沙は、その白い美貌に少し困ったような表情を浮かべるだけで、ひょうひょうと受け流す。それがますます女性陣の癇《かん》に障るようだ。

卒園のアルバムを作ろうという話になった時も、みな理沙の居ないところで話を進め、彼女にアルバム委員を押し付けた。そして、協力を求める彼女に、皆一様に仕事が多忙という言い訳をした。この経緯をずっと見ていた正樹は、いつの間にか理沙に同情している自分に気がついた。

そもそもがねちねちした女性特有のいじめの雰囲気に耐えられないところに、逆らうことなく黙って受け流す理沙の態度が、妙に凛《りん》としていじらしく思えたのだ。

一度好意を持ち始めると、じわじわとその想いに火が付き燃えあがった。

今日、父兄会の後の卒園準備の会合で、思い出アルバムの写真を撮る手伝いをしてほしいと理沙が申し出たとき、女性陣は誰一人として手を挙げずしーんとしたままだった。立ち尽《つ》くしてかすかに唇を噛《か》んでいる理沙の白い顔を見ているうちに、たまたま一人だけ男性の参加だった正樹は、とうとう名乗りを上げてしまった。ほうっておけない気持ちだったのだ。

そして、理沙がうれしそうに微笑みかけてくれた瞬間、少年のように胸がときめいた。

百花を風呂に入れベッドで添《そ》い寝しているうちに、正樹は百花のシャンプーの残り香から理沙の髪の香りを思い出す。急に下半身がむくむくしだして、娘の横であせってしまう。

（そういや、このごろシテないしなぁ）

百花が生まれた頃から、美奈子とのセックスは間遠になりがちで、しかし、お互いそれほど不自由も感じていなかった。生活と仕事に追われてそれどころではない、という毎日だ。それが、ひさびさに硬度を増した己《おの》が自身に、正樹はせつないほどの飢えを感じた。それも、理沙に。

（やりてぇ）

ストレートな欲望に、我ながらあきれるほどだ。

正樹は百花がすうすう安らかな寝息を立てていることを確認すると、そっとサイドランプを消し、子供部屋を出て自分の仕事場へ入った。スリープにしたままのＭａｃを立ち上げて、作りかけの企業のホームページ制作の続きに取りかかろうとしたが、全く集中できず、思わずファイルに入れてあった画像を再生してしまう。

それは理沙に良く似た女優が出ているＡＶの動画を、ネットで拾い集めて保存してあるファイルだった。拾い物なので画像が良くない物が多い分、それが、あの理沙かもしれないと思うと、逆に劣情を誘うものばかりだ。

再生したのは、「一〇〇人の男性を口で抜きます」という企画のものだ。つぎつぎ現われる剝《む》き出しの男性の下半身を、一人の女優がフェラチオで奉仕する。巧みな口戯《こうぎ》でイカせては男根から放出されるスペルマを飲み干す。それが延々、一〇〇人くり返されるだけの映像だ。ネット画像では数分のものだが、すでに数十人を抜いた後の映像らしく、女優がべとべとになり疲労に喘《あえ》ぎながらペニスをくわえる表情が被虐《ひぎゃく》的で、ひどくそそるものがある。

正樹は音声を最小に絞り、画像に見入る。囁《ささや》くような女の喘ぎ声や息づかいが耳をくすぐる。大量の精液にむせる女の表情。正樹は、会合で立ち尽くして眉根を寄せていた理沙の顔を思い出す。

たまらず彼は、ズボンの中で熱く膨張《ぼうちょう》していた逸物《いちもつ》を摑み出すと、画像を見据えたまま、右手でゆっくりとしごきだす。ほどなく映像が終わると、クリックし直して再生をくり返す。次第に右手に勢いがつき、きゅうきゅうと肉棒を擦《こす》り上げる。苦しげな女の表情。紅い舌。顔にべったりまとわりついた長い髪。四方八方から突きつけられる太く赤黒いペニス。女が精液にまみれる。

「理沙……ッ」

正樹はぐっと右手に力を込めて、低く彼女の名前をつぶやく。

画面の女の口中に、溢《あふ》れるほどの精液が発射されたとたん、正樹もまたどうっと熱い精を激しく放った。

三

「おはようございます」

月曜日、保育園の門前で息子の手を引いた理沙が待っていた。

「あ、どうも……」

同じく娘の手を引いた正樹は、思わず紅くなってうつむいてしまう。先日、彼女で自慰をしてしまった。朝日の下でまぶしく輝く彼女の顔をまともに見られない。理沙は、そんな正樹の内心など知る由《よし》もなく、にこやかに声をかけてくる。

「ええと、今日は市原《いちはら》さんと小池《こいけ》さんと三橋《みつはし》さんを撮ります。三人は、七時半には登園しますから、その時に私たち二人で撮影しましょう。あとで全部写真を見て、いいやつを使いましょうよ」

「わかりました」

正樹は近づいてきた理沙の、甘酸《あまず》っぱい体臭をそっと吸い込んだ。

撮影自体は簡単だった。

自転車や徒歩で登園してくる親子の姿をアップとロングショットで撮るだけだ。アルバムに残るということで、いつもよりどのお母さんもちょっとだけおしゃれをしているようだ。撮影が終了すると、正樹と理沙はそれぞれの子どもを送り出し、門前で少し打ち合わせをした。

「それじゃあ、次は水曜日の午前八時ですね」

「わかりました」

「ごめんなさいね、面倒おかけして」

「どうってことないですよ」

理沙は突然、長い睫毛《まつげ》を上げてじっと正樹の顔を見つめてきた。まともに顔を覗《のぞ》き込まれて、正樹は胸の内を見透《みす》かされそうで、どぎまぎした。

「いいなぁ」

「え？」

「百花ちゃんのお母さん、幸せね。こんな優しくていい旦那さんがいて」

「そ、そんなことは」

「やっぱり男親が大事よね」

ぽつりと理沙がつぶやく。

旦那さんは？　と、聞こうとして、正樹は口をつぐんだ。（未婚の母で、父親がわからないらしい）という美奈子の言葉を思い出した。

「それじゃ、また」

理沙がママチャリにまたがる。今日はぴっちりしたデニムパンツ姿だ。腰の張ったヒップからすんなりした足のラインまで、くっきりわかる。手を振りながら去って行く理沙に、思わず手を振りかえし、正樹は下半身がまた疼《うず》くのを止められない。

「やっぱりそちらが撮ったやつの方が、いいショットが多いわ。私、写真へたくそなんですもん」

一週間かけて撮り上げた写真をプリントアウトして、正樹と理沙は駅前の喫茶店で選別することにした。

「いやあ、これなんかすごく良く撮れてると思うけどなぁ」

二人はテーブルに並べた写真を前に顔を突き合わせて選別した。近眼だという理沙が顔を突き出してくるたび、正樹の額《ひたい》すれすれに近づき、彼女の体温を感じた。

「それじゃあ、これとこれとこれは……うちので、こっち全部は百花ちゃんのお父さんに頼みます。ええと、一五人分プリントアウト、お願いできますか？　あ、プリント代は皆さんから徴収しますから」

「あ、いいですよ、うちにカラーコピー機あるから、そっちの分もついでに印刷します。データ、送ってください」

「え、そんな」

「ついでですから」

「ありがたいわ、甘えちゃおう」

理沙が弾んだ声を出し、一瞬テーブルの上の正樹の手の上に自分の手を重ねた。ひんやりすべすべした手のひらの感触。正樹は、はっとする。

「なんか、楽しい」

理沙はふうっと深いため息をつく。その暖かい息が、正樹の鼻腔《びくう》をくすぐる。

「ね、いろいろこんなふうに卒園の準備をするの、今は大変だけど、後で思い出すとすごく楽しいでしょうね」

「そうですね」

「あたし、朝苦手なの。でも早起きして、苦手なデジカメ握って……アルバム作り、がんばるわ」

「製本とか、一人でやるの？」

「ええ……だって……」

理沙は寂《さび》しげに目を伏せる。

「私、クラスのお母さんたちから嫌われてるから……」

正樹は胸が締め付けられた。皆の前では表情を変えず、きりりといじめを受け流してみせていた彼女は、本当はひどく傷ついていたのだ。

「あの……僕は信じてませんから」

正樹は口走ってから、しまった、余計なことを、と思った。

「……なに？　噂のこと？」

すっと理沙の顔色が変わった。琥珀《こはく》がかった瞳が、強い光をたたえて正樹を見つめてくる。正樹は顔を背《そむ》けた。理沙は、静かに立ち上がった。

「それじゃ、プリントアウトは頼みます。これで……」

テーブルのレシートを摑もうとする彼女の手を、正樹はとっさにぎゅっと握りしめた。

「僕に」

理沙は摑まれた手をそのままじっとしていた。

「製本も、僕に手伝わせてください」

理沙がそっと手を抜いた。

「コーヒー代も、お願いできます？」

その頬には、赤みがうっすら差していた。

四

卒園式が、いよいよ来週に迫った。

娘の百花は一年生になるのを指折り数えて、祖母に買ってもらったピンクのランドセルを毎晩枕元に置いて寝ている。

卒園アルバム制作もなんとか写真の選別や構成が終わり、後はページごとにプリントして綴《と》じる作業を残すのみだ。

「今日、うちで一気にやってしまいましょう」

理沙からの連絡で、正樹は日曜日の午後、理沙の住まいであるアパートを訪れた。理沙の家に上がるのは初めてだ。なぜか初めてデートする少年のように胸が高鳴る。

チャイムを押すと、すぐに理沙がドアを開けてにこやかに出迎えた。

「どうぞ、散らかってますけど」

理沙のVネックのラベンダー色のセーターから白くこんもりした胸元がのぞけ、先に立って案内する後ろ姿のグレイのセミタイトスカートの中で、ヒップがぷりぷり揺れる。そんなところにばかり目が行く自分があさましい。

2DKの狭い部屋で、テーブルの上の片付けていない食器や床の上の取り散らかしたおもちゃ、脱ぎっぱなしの子ども服。美奈子は潔癖性《けっぺきしょう》で、部屋にちりひとつ落とさない。生活感あふれる理沙の部屋は、逆にほっとする感じだ。ただ、男親の気配は感じられない。部屋のまん中には、積み上げた卒園用のアルバムと写真の束《たば》。

「今日は、剛士クンは?」

アルバムの前に腰を下ろしながら、正樹はキッチンにいる理沙に声をかける。

「今日はおばあちゃんとこ。邪魔されたくないし」

理沙がお茶を乗せたお盆を持ってくる。理沙がお茶をすすめながら向かいに座ると、スカートが持ち上がり白い膝頭《ひざがしら》がのぞく。

(二人きり……)

そう意識すると、ますます理沙の胸元や腰のあたりに視線がさまよう。

「さあ、やりましょう」

「えっ? あ、は、はい」

正樹は、アルバム作りに集中した。○才から五才までの子どもたちの成長の記録写真。

それを順番通りにアルバムに貼って行く。

「こんなに小さかったのねぇ」

「なつかしいなあ、この頃、夜泣きがひどくてさ」

二人は時々会話をはさみながら、せっせと作業にいそしんだ。夕方間際に、やっとクラス一五人分のアルバムが完成した。

「やったぁこれで終わり！」

「おつかれさまぁ」

二人は思わず両手をハイタッチをして、歓声を上げた。顔を見合わせて、ふっと微妙な空気が流れる。理沙がさっと立ち上がる。

「お茶、淹《い》れ直してきますね」

正樹はどぎまぎしながら、出来上がったばかりのアルバムをめくったりした。

キッチンから戻ってきた理沙は、手に何も持っていなかった。彼女は静かに正樹の真横に座った。肩先が触れ合った。理沙はうつむいたまま言う。

「来週で、お別れですね」

「え、ええ、あ、でも、学区は同じでしょ？　小学校でまたお会いできるかも」

「うち、新学期から実家のある埼玉の小学校に通うんです」

「え？」

「あっちに引っ越すんです」

「ああ……そうですか……」

「本当にお別れなんです」

かすかに触れ合った肩の部分が、じりじり熱を持ち始めたようだ。

理沙が顔を上げるのと、正樹が両手で彼女の顔を挟むのはほとんど同時だった。正樹は喰いつくように強く理沙の唇を吸った。

彼女の唇は柔らかく暖かい。理沙は逆らわなかった。逆に力を抜いた身体をもたせかけてくる。正樹はその紅い唇を割って、強く舌を差し入れた。口腔内《こうくう》で、待ち受けていたかのように理沙のなめらかな舌がしなやかに絡《から》み付いてきた。その甘美な吸い心地《ごこち》に、正樹は頭の芯があっと燃え上がる思いがした。

「う、うむうん」

理沙が切なげに眉を寄せて、鼻腔から熱い吐息《といき》をしきりに漏《も》らす。

しっとりと甘い唾液を吸い尽くし、存分に口腔内をしゃぶり上げる。正樹の右手が、そろそろと理沙の首筋から胸元へ這い降りて行く。ふっくら盛り上がった部分にたどり着くと、柔らかいカシミヤのセーターごしにやわやわと揉《も》んでみる。

「はぁっ」

理沙が唇を押し付けたまま、小さく声を上げた。正樹は次第に右手に力を込めて、片手に余りそうなほど豊かな乳房をくたくたに揉みしだく。もじもじと理沙の腰がよじれ始め、その両手がぎゅうっと正樹の肩にしがみついた。正樹はさらに、胸元からくびれた腹部、そして丸みを帯びた腰のラインを撫《な》でさすり、丸い膝頭からスカートの内側へ忍び込んだ。一瞬理沙はびくっと身体を震わせたが、そのまま太股をくつろがせて、正樹の右手を導いた。正樹はしっとり湿っぽいスキャンティーごしに、むっくり丸い中心部を指でなぞった。

「あ、あぁん……」

布越しに肉の狭間《はざま》を指で擦《こす》り上げると、理沙が艶《なまめ》かしい喘《あえ》ぎ声を漏らした。ぬるりと、スキャンティーの隙間から、秘裂の合わせ目へ指を滑り込ませる。その部分は、すでに熱く瑞々《みずみず》しく潤《うるお》っていた。熟れた花唇から肉腔の奥深くに指を潜り込ませ、そっと抜き挿しすると、ぷちょぷちょとかすかに卑猥な音が立つ。

「ふ、ううぅ、ふううん」

正樹の舌を自ら吸い上げながら、理沙はくねくねと身悶《みもだ》えした。愛液を指の腹にすくい、肉裂の頂点に佇《たたず》む丸い花豆をこすったとたん、ぴくん、と理沙の下半身が跳ね、「あはぅっ」と、小さい悲鳴に似た声を上げる。

正樹はそのまま皮を剝《む》き上げるようにこりこりと肉芽を嬲《なぶ》る。粘っこい淫蜜が、とろとろと際限なく溢れてきた。

「う、うう、くぅう」

理沙は啜《すす》り泣くような声を間断なく漏らし始め、やがていやいやと首を振りながら唇を引き剝《は》がした。色白の目元がぽうっとうす桃色に染まり、黒曜石《こくようせき》のように濡れた瞳は妖《あや》しい欲望にぎらぎら光っていた。

「ああ、ねえ、お願い。して。ちゃんと、して」

理沙は呼吸を乱しながら、狂おしい声で正樹に懇願した。正樹はその目を真っ向から見つめ、自分もまた欲望で切羽《せっぱ》詰まった声で返した。

「いいの？」

理沙がこっくりとうなずく。

「もうこれきりだから」

そう言うや、自らセーターをたくし上げて脱ぎ始める。ふるん、と、白いレースのブラジャーに包まれたたわわな白桃のような双乳が眼前にこぼれ出た。正樹は理性のたがが一気にはずれてしまった。

五

二人手を取り合って、隣の寝室にもつれ合うように移動した。小さな寝室には、母子二人で寝ているのか、大きめな布団が一組敷かれているだけだった。

正樹は服を脱ぐのももどかしく、その布団に理沙を押し倒した。蝶《ちょう》の羽のように薄いレース地のブラジャーを、引きちぎるように剝ぎ取る。ぷるるんと、豊かな乳房がこもっていた熱い体温と共に解放される。少しくたっとした緩めな膨らみに大きめの肉色の乳輪に囲まれて、熟れた苺《いちご》のようにぷっくりと紅い乳首が硬く勃《た》ち上がっている。正樹は、そのしこった膨らみにちゅぱっと音を立てて吸い付いた。

「あっ」

理沙がきゅっと形の良い眉根を寄せる。

正樹は口中の熟れたしこりを、舌先でれろれろと転がし嬲る。

「ん、んふぅ」

理沙は言葉にならないような声を発して、真っ白い身体をくねらせた。正樹は、片手でもう一方の乳房をぐにゅりと握り摑み、ちゅっ、ちゅくっ、と、唾液をまぶしながら乳首をついばんだ。ふっと顔を上げると、ピンク色に上気した理沙の喘ぐ表情は、あのおとなしそうな普段の彼女からは想像もできないほど淫美で妖艶だった。

「おっぱい、気持ちいいの？」

「うん……」

理沙がうなずく。

気を良くした正樹は、するすると顔を落として、女の青白い鼠蹊部《そけい》に両手を当てた。

「あっ、や、そこ……」

理沙が身をよじろうとしたが、正樹はかまわず両手で肉付きの良いまろやかな太股を押し広げ、黒々とした茂みの奥の鮮紅色の肉裂に顔を寄せて行く。理沙のそこは肉厚で少し黒みがかり、よじれた花唇を指でくつろげると、鮮やかな深紅の淫口がぱっくりと開いた。じっとり濡れそぼっているそこは、呼吸をしているかのようにひくひくと肉襞《にくひだ》が蠢《うごめ》く。

「きれいだ」

正樹はつぶやくと、そっと舌を差し出した。ねろりと粘膜を舐め上げる。

「う、うふぅうふん、あふぅ」

理沙が切なげな声を上げる。

　正樹はぴったりと唇を押しつけると、秘腔の奥へぐりぐりと舌をねじ込み、繰り返ししゃぶった。自分の唾液と理沙の吐き出す愛蜜で、秘溝はびちゃびちゃと淫猥な音を立てた。

「ああ、いやぁ、いやん、あふぅん」

　尻上がりに理沙の喘ぎ声が高まる。

　こりっ、と、いきなり正樹は勃ちきったクリトリスに歯を立てた。びくぅっ、と理沙が震撼《しんかん》した。

「あっ、あやぁっ」

　秘肉の合わせ目から淫豆まで、繰り返し舌でたんねんに嬲り続ける。

「あああ、だめ、ああだめ、そんなにそこ、そんなにしないで、ああ、だめだめ、いやぁ」

　理沙の両手が降りてきて、股間の正樹の頭をくしゃくしゃに摑んだ。淫水が洪水のように花唇に溢れ返り、正樹の顔をびしょびしょに濡らす。きゅうっと秘肉が収縮して、正樹の舌を呑み込もうとした。理沙のふくよかな内腿が、がくがくと震えた。びくん、と、肉芯が痙攣《けいれん》して、理沙が白い喉をのけぞらして叫んだ。

「あ、だめ、ああだめ、痺《しび》れるぅ、あ、だめだめ、どうしよう、あああ、だめよぉ〜っ」

次の瞬間、ふうっと理沙の全身から力が抜けた。

「あ、ああ……」

クンニで軽く達してしまった理沙は、荒い息でしばらく布団の上に横たわったままだった。

「イっちゃったね」

正樹が顔を寄せて囁くと、理沙は目を開けて潤んだ瞳で見つめ返し、答えた。

「私も、させて」

理沙はゆっくりと身を起こすと、体位を入れ替えて正樹をそっと布団に横たえた。

「そんな、僕はいいよ……」

正樹は理沙の柔らかな髪の毛が下腹部をくすぐると、あわてて身を引こうとした。が、次の瞬間、正樹の分身はふうわりと熱い柔らかい唇に包まれた。

「んん、ああん、もう、すごく硬ぁい」

理沙がちらりと淫美な目つきで正樹を見上げるが、すぐ顔は伏せられ、ぱくりと紅唇が肉茎を呑《の》み込んだ。

「お、おお、あぁいい」

正樹は思わず声を上げた。

理沙は陰茎の根元に細い指を絡ませると、大きく頬張《ほおば》ったまま顔を上下させた。熱く疼く牡肉の表皮が、理沙の唾液でぐっしょり濡れて、その上を柔らかな唇が滑って行く。

「うむぅ、うんむ、あふぅうん」

理沙の甘美な鼻息が、正樹の股間を熱く刺激する。理沙は深く呑み込んだかと思うとゆっくり吐き出す。かと思うと、亀頭の裂け目にぐりぐりと舌先をねじ込ませたり、硬肉の裏筋にそって舌を這わせたり多彩な口技を駆使する。うっとり桃源郷に彷徨《さまよ》っていた正樹は、ふっとパソコンの中の画像を思い出し、首を振ってそれを打ち消した。

「ああ、すごく気持ちいいよ、ああ、いいよ」

正樹は理沙の甘美な抽送にうっとり身を反らした。しかし、呑み込まれた肉幹の根元を唇できゅうきゅう締め付けられ続けると、あわや爆発しそうになり、あわてて理沙の顔を両手で押しとどめる。

「あ、ね、もう。もう、君の中で……」

理沙は、汗ばんで額にまとわりついた髪の毛を掻《か》き上げながらうなずいた。

正樹は起き上がり、理沙を横たわらせると、かちかちに勃ちきって熱い剛棒を片手であやすように握って、ゆっくり女体の中心へ導いた。濡れた肉襞を亀頭の先で軽く突つく。

「あん」

理沙がじれたような声を出す。

正樹は深く腰を沈めて、とろとろに溶けた肉襞を割ってずぶりと押し入った。

「はあっ」

理沙が歓喜の声を上げる。

正樹はそのまま秘肉を一気に突き破って、根元まで串刺しにした。そこでぴたりと止まり、腰を浮かせて今まさに連結してる粘膜の結合部分を目に焼き付けた。じんわりした感動が、正樹の全身を満たした。正樹は快感に潤んだ理沙の目をじっと見つめて、囁いた。

「君が、好きだった」

理沙は答える代わりに、しっかり手足を正樹に絡ませて、その耳元でつぶやいた。

「ちょうだい、もっと」

正樹はうなずいて、ゆっくり抽送を開始した。

みっちり詰まった淫襞を掻き分けるように、己が怒張《どちょう》を送り込んで行く。

「あっ、はぁっ、ああ、あうっ」

理沙が肉塊の動きに合わせて、悩ましい声を上げる。

柔らかいはずの肉裂は、じわじわしなやかに男幹を締め付ける。結合が深まるたびにきゅうきゅう絡み付く女襞の快感に、正樹は目の前に閃光が走るような気がした。

「ああ、君のここ、いいよ、すごくいいよ、いい」

理沙の耳元で何度も囁く。

正樹は反復運動を繰り返しながら、たぷたぷと激しく弾んでいる乳房をくたくたに揉みしだく。

「あくぅ、あん、気持ちいいのぉ、気持ちいい、ああん、すごくいいのぉ」

理沙のヨガり声が、尻上がりに高まって行く。

正樹は、いったんずるりと肉塊を抜くと、理沙の腰を抱き起こして四つん這いにさせる。

「あ、やん……」

理沙が訴えるのもかまわず、今度は背後からぐいっと肉刀を突き入れた。

「あはううんっ」

処女雪のように真っ白で量感たっぷりの双臀をぶるぶる震わせて、理沙は激しく喘いだ。正樹はその尻たぼを両手でがっちり摑んで、腰をぐりぐり捏《こ》ねくり回して、快楽の源泉まで奥深く肉茎をめりこませる。

ぐっちょぐっちょと、粘膜同士がぶつかり合う卑猥な音が部屋中に響く。

「ううぅふぅん、あふぅん、ああ、ああ、すごいあぁすごい、あああ、なんかくる、ああくるくる、ねえ、もうきそう、ああ、だめきそう、いやぁあんねぇぇえ」

理沙の嗚咽《おえつ》がひときわ高まり、絶頂の瞬間が近いことを告げる。正樹の肉幹を包み込んでいた蜜壺が、きゅっきゅっと短い収縮を繰り返し始めた。正樹にも限界が訪れる。背後から理沙を抱きすくめてがくがく腰を振った。

「う、うお、俺も、もう、出る、出そうだ、イクよ、いい？」

「あああん、来て、来て、も……う、私、私、イクのイクのぉ、イッちゃうううう～～っ」

その瞬間、正樹は膨れ上がった男肉をずぼりと抜き取り、崩れ落ちる理沙のなだらかな背中に、びゅくびゅくと熱い迸《ほとばし》りを放出した。

六

「卒園おめでとう、新しい一歩ですね」

園長先生のお別れの言葉に、らいおん組のお母さんたちはみんな啜《すす》り泣いた。

いつもは動きやすいビジネススーツやジーパン姿のお母さんたちも、今日ばかりはめいっぱいおめかしし、子どもたちの晴れ姿を見つめている。

普段はラフな服装の正樹も、ダークスーツに身を包み、卒園免状をいただいている百花の姿を万感の思いで見ていた。

式が終わり、近くのイタリア料理店を貸し切っての謝恩会の席で、理沙と正樹が制作した卒園アルバムが配られた。

その美しいできばえに、みな感嘆の声を上げ、さすがのお母さんたちも、口々に理沙に感謝の言葉を告げた。

「百花ちゃんのお父さん、いろいろお世話になりました、ありがとう」

会の終わり頃、理沙が正樹の席にやってきて、深々とお辞儀をした。正樹もあわてて立ち上がって礼を返す。今日の理沙は、細かいドレープが寄ったピンクのすんなりしたドレス姿で、見間違うほど艶《あで》やかだ。

「いや、こちらこそ。とてもお世話になって」

理沙が、心なしか憂いを含んだ表情で微笑んだ。正樹はなにか特別な別れの言葉を言いたかったが、そばに美奈子がいるせいでできずじまいだった。

謝恩会の解散後、夫婦で百花を挟んで手をつないで帰りながら、美奈子がふと言った。

「結局、剛士クンのお母さんの噂、ほんとうだったのかしらねぇ。まあ、終わりよければすべてよしってとこか」

正樹はどきりとしたが、

「そうだね」

と、相づちを打つ。

ひらっと、鼻先に花びらが舞い降りてきた。温暖化で、東京は三月でもすでに桜が咲き始めていた。歩いて行く並木道の桜もきれいに色づいている。

正樹はそのうす桃色の花を見上げながら、昂《たかぶ》るとともに桜色に染まっていった、理沙の白い裸体を思い浮かべていた。

視線熱

八神淳一

著者・八神《やがみ》　淳一《じゅんいち》

一九六二年生まれ。大学卒業後上京し、主にアダルト雑誌の編集に携わる。その後、フリーとなり出版不況の荒波にもまれつつ現在に至る。「活字でなくては表現できないような刺激を」と熱く語る。二〇〇五年春、ＡＶ女優のせつない思いを描く「花唇」で小社アンソロジーに初登場した。

1

じわっと湿気が肌にまとわりついてくるような夜だった。クーラーをつけるのにはまだはやい。かといって、つけないと蒸《む》し暑くて仕方がない、中途半端な季節だ。

浩太郎《こうたろう》は志穂《しほ》の股間から顔をあげると、びんびんに立ったものをひとしごきした。

志穂はだらしなく足を開いたまま、挿入されることを待っている。

少しは恥じらう素振りでも見せればいいものを、このところ、会えばエッチするのが当たり前になっていて、恥じらう感覚が志穂からどんどんなくなっているような気がした。

浩太郎は志穂の入り口に、ペニスを当てていった。さっきまでびんびんだったものから、勢いがなくなりつつあるのを感じた。

立ってはいるのだが、秒を刻むにつれ、じわりじわりとびんびんではなくなっていく。

「どうしたの？」

「いや。なんでもない」

浩太郎はさらに力がなくなる前に、志穂の中に入れていった。

志穂の花園は、浩太郎がしつこいくらいの舌遣《づか》いでぐしょぐしょにさせていたから、それなりの硬さでも大丈夫だった。

いきなり、ずんずん、突いていった。ゆっくりしていると、志穂の中でさらに萎《な》えていきそうな嫌な予感がしたのだ。

ずんずん突いても、志穂はあまり声をあげなかった。必死に喘《あえ》ぎ声をこらえているためではなく、声をあげるほど感じていないのだと思った。

完全にマンネリだった。

浩太郎と志穂は同期入社だった。中堅の電機メーカーに勤めて七年め。

お互いのことを単なる同僚としてではなく、異性として意識するようになったのは、五年めくらいからだろうか。

職場の仲間たちといっしょに遊ぶ関係から発展し、いつの間にか、ふたりだけで会うようになった。

男と女の関係になってからは、一年半くらいがたっていた。その間、いったい何度、こうして志穂の中に入れているのだろうか。

思えば、志穂とエッチするようになった最初の頃は、手帳に回数をつけていた。

いつの間につけなくなったのだろうか。志穂とエッチすることに、感激しなくなったのだろうか。

別に志穂のことが飽《あ》きたわけでもないし、嫌いになったわけでもない。

むしろ、この一年半の付き合いで、志穂のことはさらに深く好きになったとさえ思う。

でも、エッチはマンネリになってきた。

そのうち、会ってもしなくなるかもしれない。そして、仲良しなのに、エッチはしない、というカップルになるかもしれない。

浩太郎は三十歳までに志穂との結婚を考えていた。結婚する前にセックスレスになるなんて、いくらなんでもやばいんじゃないか、と思った。

カーテンが目に入った。ちょっとだけ、開いていた。志穂が住んでいるマンションは、やけにベランダが広かった。

そうだ。ベランダでやってみるか。

浩太郎は志穂から抜いた。

「どうしたの？」

「こいよ」

と、浩太郎は志穂の腕をつかむと、引き起こした。

「なによ。床は嫌よ」

「違うよ。こっちだよ、こっち」

カーテンを開いた。そして、窓を開くと、ベランダに出た。志穂の腕を引いて、ベランダに出させた。

満月の夜だった。志穂の裸体が月明かりを浴びて、妖艶に光った。

「嫌よ……恥ずかしいじゃない」

と志穂が弾《はず》むバストを右腕で抱き、剝《む》き出しの下腹部を左手で覆《おお》った。

久しぶりに見る恋人の恥じらう仕草に、萎えかけていた浩太郎のいちもつが、あらたな力を帯びていった。

浩太郎は志穂の手をベランダの柵《さく》に乗せると、ヒップをつかんだ。立ったまま、バックから入れていく。

「な、なにするのっ、ここは外だよ。見られちゃうよっ」

「だから、いいんじゃないか」

「いやだよ……あっ、だめっ……浩太郎、だめだよっ」

だめ、と言いながらも、志穂は逃げようとはしなかった。

すぐそばにアパートが建っている。二階建てだ。こちらは五階建てのマンション。ここは三階だ。

真下に四つの窓が並んでいる。

右端から二つめの窓だけに明かりがついていた。煌々《こうこう》とした明かりではなく、スタンドだけの明かりのようだ。

「人がいるな。こっちを見るかもしれないぞ」

「いや、いや……いやよ……」

志穂が右手を口元にやった。声が洩《も》れないように押さえたのだ。

浩太郎のものは、志穂の中で鋼鉄のようになっていた。

ずどんっ、ずどんっ、と突いていくと、

「ああっ、ああっ」

と志穂が押さえきれない声をあげはじめた。

久しぶりに、志穂の本気のよがり泣きを耳にして、全身の血が騒いだ。志穂を責めている征服感に酔った。

数日後の夜。浩太郎は駅と志穂のマンションの中間にある公園に、志穂を引っ張った。

「どうしたの？」

「今夜は、ここでどうだい」

「なに変なこと言っているの。ここは外じゃないっ」

「見ろよ。けっこう、派手にやっているじゃないか」

この公園は、昼間は子供たちの遊び場だったが、夜になると恋人たちとそれを観賞するのぞき魔たちが集《つど》う場所だった。

噴水のまわりのベンチは、すでにカップルで埋まり、キスしているのは当たり前で、中にはバストをあらわにさせたり、スカートをめくられている女性までいた。

「なんかドキドキするよな」

外灯の下にあるベンチからカップルが一組立ち去った。若い女の横顔は上気していた。

「空《あ》いたぞ、志穂」

浩太郎は嫌がる志穂の腕を引っ張り、ベンチに座らせた。

「嫌だよ。外は嫌だよ」

と志穂は盛んに首を振っていたが、どうせポーズだと思った。この前のベランダでの乱れっぷりを思えば、今夜はさらなる乱れ顔が期待できる、と浩太郎ははやくもスラックスの下を鋼鉄状にさせていた。

浩太郎は志穂のスカートの裾《すそ》をつかむと、いきなりめくった。白い太腿《ふともも》があらわれる。

ベッドの中で見ても、今はどうってことのない太腿だったが、公園のベンチで見ると、生唾《なまつば》ものの白い肉に見える。

浩太郎はさっそく太腿を撫《な》で、パンティへと触手を上げていった。

すると、

「ヘンタイっ」

といきなりビンタを張られた。

不意の反撃に、あっけにとられている浩太郎を置いて、志穂は駆けだしていった。

どうしてだ。いきなり公園のベンチはまずかったのか。ベランダでは、手の甲に歯形をつけるくらい、よがり声をこらえていたのに。

待てよ、とつぶやき、浩太郎は恋人の後を追った。

マンションのそばにあるコンビニに、志穂がいた。

すぐに出てくるだろうと思い、外で待つことにした。ガラス越しに志穂が見える。今日の志穂はベージュのジャケットに白いブラウス、そしてベージュのスカート姿だった。

そのジャケットを脱ぎ始めた。暑いのだろうか。コンビニの中は空調が効《き》いているはずだが。

白のブラウスはノースリーブだった。あらわになったほっそりとした二の腕が、なんともセクシーに見える。

真夏に見る二の腕にはなにも感じないが、季節よりちょっとだけ早めに目にする白い二の腕には、どきりとさせられる。

こうしてコンビニの外から客観的に見ると、志穂はいい女だな、とあらためてわかる。

たまには、少しだけ距離をとるのもいいのかもしれない。

レジに向かう前に、志穂が胸元に手をやった。

「なにしているんだっ。今、ボタンを外したぞっ」

浩太郎はコンビニの窓に顔を押しつけるようにして、店内を見た。

レジにはコンビニのエプロンをつけた男が一人いた。大学生だろうか。冴《さ》えない風貌だ。

レジ男はあからさまに志穂の胸元を見ていた。志穂は顔を真っ赤にさせて、俯《うつむ》いている。

缶のお茶を渡そうとして、手を滑《すべ》らせる。

どういうことだ。

志穂が前屈《かが》みになって缶のお茶を拾おうとしている。そんな志穂の胸元を、レジ男は身を乗り出して見下ろしている。

志穂が上体を起こした。レジ男は志穂の胸元ばかりを見ながら、缶のお茶を受け取り、袋に入れ、そして志穂に渡している。

その間、志穂は俯いたままでいた。

そんな恋人の姿を、浩太郎は呆然《ぼうぜん》と見ていた。

浩太郎は時間を置いて、志穂の部屋を訪ねた。乱れた気持ちの整理をする時間が必要だったのだ。

あのレジの冴えない男と志穂が出来ているとは思えないが、問いただす勇気もなかった。

「ピンタはひどいなあ、志穂」

「公園でなんて、嫌だからね」

と玄関に出てきた志穂がにらんでくる。シャワーを浴びたばかりのようだった。裸体にバスタオルを巻いただけだ。

「悪かったよ。でも、ベランダならいいんだよね」

「嫌よ……ベッドがいいわ」

志穂の瞳はしっとりと潤《うる》んでいた。もしかして、シャワーを浴びながら、オナニーに耽《ふけ》っていたのでは……。

でも、どうしてオナニーなんかに耽る必要がある。エッチな気分なら、俺とやればいいだけじゃないか。

浩太郎はバスタオルを剝《は》ぐと、いきなり、ヘアがべったりと貼り付く恥部に指を入れていった。

「あっ、な、なにするの」

志穂のそこはぬかるみ状態だった。もちろん、これはシャワーではない。志穂自身の分泌液だ。

浩太郎は志穂をベッドに押し倒し、急いでネクタイを緩《ゆる》め、ジャケットを脱ぎ、スラックスをトランクスといっしょに下げた。

そしてワイシャツを脱ぐと、あらためて志穂の割れ目の奥をまさぐった。

すると、ぬかるみ状態から、適度なお湿り状態へと、志穂の潤み具合が下がっていた。

いったいどういうことだ。

浩太郎はぬかるみ状態に戻そうと、あせって指でいじる。

「痛いよ。今夜の浩太郎。なんか変だよ」

変なのは、志穂のほうだろう、と言いたくなる。わざとブラウスのボタンを外し、レジの男に胸元を見せつけ、シャワーでオナニーしているなんて。

浩太郎は嫉妬に駆られていた。今すぐに、志穂を征服し、よがり声を聞かなければおさまりがつかなくなっていた。

浩太郎は志穂の腕をつかむと、ベッドから引き起こした。

「ベランダは嫌だよ」

「いいから、来いよ」

真正面に建つアパートの窓はすべて真っ暗だった。

前回のように志穂にベランダの柵をつかませると、ぷりっと盛り上がったヒップの狭間《はざま》に、嫉妬で隆々《りゅうりゅう》としているペニスを挿入していった。

「い、痛いよ……嫌だよ、浩太郎」

志穂の割れ目の奥はからからの状態だった。すっかりやる気をなくしているのがあきらかだった。

二階の右から二つめの窓に明かりがついた。住人が帰ってきたのだろうか。

「そこ、明かりがついたぜ。見られるかもな」

志穂を興奮させるべく、浩太郎はそう言った。

カーテンが開いた。窓が開き、住人が顔をのぞかせた。こちらを見上げた。

さっきのレジ男だった。

すると、からからだった志穂の花園がいきなり潤みはじめた。どんどんと蜜がにじみ出してくる。

浩太郎は志穂のヒップをつかむと、ぐぐっと突き刺していった。

「あうっ……うう……」

さっきまでのしらけたムードがうそのように、志穂の花園が淫らに歓迎してきた。幾重《いくえ》にも連なった肉の襞《ひだ》が、浩太郎のペニスを締め付け、奥へと引きずり込もうとしてくる。

レジ男は窓から顔を引っ込めたものの、じっとこちらを見上げていた。

あきらかに、志穂はあいつに見られることで燃え上がっていた。

「あ、ああっ……ああっ……いい、いいよっ」

浩太郎はぐいぐい突いていった。

志穂のよがり泣きは大きくなったが、それは浩太郎の責めのせいではなく、あの野郎の視線のおかげだろう。

浩太郎は一人で志穂が住む街の駅に降りた。

ほとんど毎晩、仕事のあと待ち合わせをして、ふたりで外で夕食をとるのだが、今夜は残業があるから、と言って志穂を一人で帰していた。

あのレジ男と志穂はいったいどういう関係なのか。

浮気ではない気がする。あいつはまったく志穂のタイプではない。志穂があいつを好きになる可能性はないはずだ。

じゃあ、いったいどういうことなのか。

志穂はベランダでのエッチに燃えたのではなく、あのレジ男の視線に感じていたのだ。

見られて感じる、ということはあるのかもしれないが、志穂の燃え方は尋常ではなかった。

そもそも、志穂自身がコンビニでブラウスの前をはだけて、あの野郎を挑発していたのだ。

タイプではない、と決めてかかるのはよくない気がする。

俺が知らない間に、志穂のタイプが変わり、あの冴えない男のようなタイプが好きになったのかもしれない。

もしかしたら、身体だけの関係なのかもしれない。俺のことは好きだが、エッチは別よ、みたいな。

まさか、志穂に限ってそんなことは……。

しかし、ジャケットを脱ぎ、ブラウスの前を志穂が自分からはだけたことは現実なのだ。

浩太郎は志穂をこっそりと観察することにした。

レジ野郎と出来ているのなら、今夜は絶好の機会なはずだ。

コンビニが見えてきた。あの野郎がレジにいた。ぼうっと突っ立っている。どう見ても、女には縁がなさそうなタイプだ。

年齢イコール彼女いない歴というやつだ。

通りの向こうから派手な姿をした女があらわれた。

タンクトップに超ミニのスカートだった。

タンクトップはぴったりと上半身に貼り付き、女らしい身体のラインを見せつけている。

超ミニから伸びた足は、すらりとして美しかった。

ぷりぷり感のある女子高生の足ではなく、しっとりとした大人の女の足だった。

その大胆な女が志穂であることに気づき、浩太郎はあわてて電柱の陰に隠れた。

真夏でさえ見たことのない派手なかっこうで、志穂はコンビニに入っていった。

レジ男が入り口に目をやる。志穂はレジまわりの品物を手にとっている。

レジ男のそばから離れない。ふたりは会話をしているようには見えなかった。バイト中は私語は厳禁だろうから、あからさまにしゃべったりはしないだろう。

浩太郎は電柱から離れ、駐車場の窓から中をのぞく。

レジ男は志穂を見つめ、志穂はレジ男の視線だけを気にしているようだから、浩太郎が気づかれる心配はなかった。

志穂が剝き出しの腕をあげて、何度も頰《ほお》にかかった髪をかきあげている。それにつれ、ツンと前に張り出しているバストの隆起が動く。

性的に高ぶってくると、志穂はやたらと髪をかきあげるくせがあった。

今がそうなのだ。超ミニから伸びた太腿と太腿をすり合わせている。

端《はた》から見ると、とてもやりたがっているように感じる。

あの二人は出来ている。冴えない男だが、あっちのほうはいいのだろうか。俺よりも、志穂を燃えさせるテクでも持っているのか。

しばらくすると、志穂が出てきた。すぐそばに浩太郎がいるのに気づくことはなかった。

頰がほんのりとピンクに染まっていた。瞳は潤み、唇はしどけなく半開きになっている。

志穂の全身から、発情したメスの匂いが漂っていた。

あのレジ男は志穂に触れたわけではない。ただじっと見ていただけだ。視線だけで、志穂をあそこまで発情させるとは。

志穂がマンションに戻った。浩太郎はマンションの入り口が見える暗がりに立ち、あのレジ男があらわれるのを待った。

十分ほどでレジ男があらわれた。ちょうど、レジ男のシフトが終わりになる時間を見計らって、志穂は大胆なかっこうで挑発しに来たのだ。

しかし、レジ男はマンションの入り口を通りすぎた。隣のアパートへと入っていく。

どうして直行しないのか。発情した志穂が待っているというのに。

二階のレジ男の窓に明かりがついた。

なかなか明かりが消えない。こっちにやってこない。

窓からレジ男が顔を出した。見上げている。視線の先は、志穂の部屋のベランダだった。

浩太郎もいっしょに見上げた。すると、柵の間から白いものが見えた。

あいつ……もしかして、裸で……。

耳を澄ませると、ベランダから甘い喘ぎ声がかすかに聞こえてきた。

ここからだと、柵へと投げ出した志穂の白い足しか見えなかった。レジ男は顔を窓から出しているから、きっと、志穂の下半身は丸見えなはずだ。

「あ、ああ……見て、もっと、見て……」

志穂の声が聞こえる。

なんてことだ。レジ男に見せつけながら、オナニーをしているのだ。

すぐにでも、レジ男が部屋を飛び出し、志穂の部屋に向かうだろう。ベランダでやるのだろうか。

俺はそれを見せつけられるのか。

けれど、いつまでたっても、レジ男は窓から見上げたままで、動こうとはしなかった。

それどころか、右手を動かしはじめた。あいつ、しごいていやがる。

「あ、ああ……いっちゃうっ……ああ、志穂、いっちゃうっ」

いくっ、という志穂の声と共に、レジ男のうめき声がかすかにした。あいつもいったのだ。自分の手で。

いったい、どういうことだ。

朝まで見張り続けたが、レジ男がアパートを出ることはなく、志穂がアパートを訪ねることもなかった。

2

「ねえ、どうしたの？」

パスタを丸めたフォークを持つ手を止めて、志穂が浩太郎の顔をのぞきこむように見た。

ここはイタリアンレストラン。仕事の後、志穂と待ち合わせてよく通っている店だ。

「なにが」

「なにか、私に言いたいことがあるでしょう」

「いいや、別にないよ」

そう答えて、浩太郎はパスタを口に運ぶ。まったく味がしない。まさに砂を嚙《か》むような感覚だ。

「うそばっかり。もう一年半の付き合いよ。表情でわかるわ。なにか私に聞きたいの？」

志穂がじっと見つめてくる。澄んだとても美しい瞳だ。

浩太郎もじっと見返す。志穂は視線をそらさない。

浩太郎は思い切って尋《たず》ねることにした。うじうじ一人で考えていても、答えはでないのだ。

「おまえ、他に男がいるってことはないよな」

えっ、と志穂が目を丸くさせた。演技ではなかった。本当に予期せぬ質問のようだった。これが演技なら、すぐに女優に転向したほうがいい。

ぽかん、とした顔でしばらく浩太郎を見つめたあと、アハハ、と笑い出した。

「なんだよ」

「だって。いつ、作るのよ。いつも、浩太郎とはいっしょじゃない」

「たとえば、コンビニとか」

「ああ、見たのね」

なるほど、といった顔をした。

「あいつのことね」

「そうだ。あいつのことだ」

「あいつとはなんでもないよ。あんなのタイプじゃないって知っているでしょう」

「そうだけど。おまえが、オナニーを見せているところを見たんだ」

「うそ。どこから？」

「下から」

「あの夜、私を一人で帰して、見張っていたのね。最低」

「見張ったのは悪いと思っている。でも、おまえ、わざわざ大胆な服に着替えてコンビニに行って、わざわざあいつに身体を見せつけて、そしてベランダでオナニーだぜ。あいつと出来ていると思うのが普通だろう」

「女ってさあ。異性に身体を見られるじゃない」

「えっ」

いきなり一般論になって、浩太郎はとまどった。

「中学生くらいから、胸がふくらんで、高校生くらいになると、足もちょっとエッチになって、制服はたいがいミニにするから、通学途中で必ず、おじさんたちに見られているじゃない」

「まあな」

「大人になったらなったで、ブラウスのふくらみとか、スカート越しのヒップとか、街を歩いていると、異性の視線を感じることがあるじゃない」

「まあな。志穂なら、たいがいの男が見るだろう」

「胸や足を見られて、嫌だなあ、と思う時もあれば、見られることで身体がなんとなく火照《ほて》ってくることもあるんだ。視線の力って凄《すご》いよね。ただ見られているだけなのに、身体の奥がざわざわしてくるの。街中で、とてもエッチな視線を感じると、その場でなにもかも脱いで、私のすべてを晒《さら》したくなることもあるの。もちろん、ごくたまにだけどね」

「視線で感じるのか」

「そう。でも、街中だから、すれ違うだけで終わりでしょう。見られて疼《うず》いた身体の持って行き場がないのよね。そんな夜は、多くの男性に裸を見られているところを想像しながら、オナニーするの」

志穂が、オナニー、と言った時、ちょうどウエイターが横を通った。えっ、という顔をしたが、すぐに澄ました顔に戻った。

「あのコンビニで、あいつの視線をはじめて感じた時、私は恥ずかしいくらい濡らしちゃったの。あいつの視線の力は、今まで感じてきた男性たちの視線の数十倍はあるような気がするの。服の上から裸を透《す》かして見られているような感じなの」

志穂はいったん話すのをやめて、コップの水を飲んだ。ごくりと白い喉が動くさまを、浩太郎はじっと見つめた。

「生理が近い時とか、あいつの目で、私は変になっちゃうの。あいつは目だけで、私を犯すの」

「本当に見るだけなのか」

「本当よ。生理前とかに、すごくエッチがしたい時があって、でも、浩太郎がそばにいなくて、何度かキャミソール一枚で夜中のコンビニに行ったことがあるの。ブラもパンティもつけないの」

「本当にキャミソールだけでか」

「そう。でも、あいつは私をじっと見るだけで、決して、声を掛けたりしてこないの。もちろん、触ってもこないわ。きっと怖《こわ》いのよ。女性が」

「女が怖い？」

「そう。生身の女と付き合ったことがないかもしれない。だって、声くらい掛けるはずでしょう」

「掛けて欲しいのか」

「ううん。見るだけだって、わかったから、わざと大胆なかっこうで挑発するの」

「なんか、うまく誤魔化されている気がするなあ」

「誤魔化してなんかいないよ。真実を話しているだけ。信じる信じないは、浩太郎の自由よ。とにかく、あいつとはなんでもないわ」

さあ食べましょう、と志穂がパスタを厚ぼったい唇につるりと入れていった。

浩太郎は志穂の話に納得したわけではなかった。でも、うそでもない気がした。どうもはっきりしない。すっきりしない。

見るだけで満足できるのか。

そうじゃないだろう。やっぱり、素肌に触れてそのなめらかさに興奮し、おっぱいを揉《も》んで男にはないやわらかさを知り、あそこに指を入れて、未体験ゾーンの感触を知ってこそ、満足するのではないのか。

そして魅惑の唇でしゃぶってもらって、最後には、びんびんになったものを、未体験ゾーンに入れて、ずんずん突いて、ヒイヒイ泣かせてこそ、俺は男なんだ、と吠えたくなるものではないのか。

確認することにした。

視線だけで、女をぐしょぐしょにさせることができる男がいるのかどうか。

見るだけで、満足できる男がいるのかどうか。

「あっ」

鎖骨に舌を這《は》わせただけで、志穂がぴくんと裸体をふるわせた。

最近にない敏感な反応に、浩太郎のペニスは瞬《また》く間に大きくなる。

仰向《あおむ》けになっても形よくふくらんでいる、乳房の裾野へと舌を這わせていく。

「あ、ああ……」

すでに乳首が乳輪から顔を出している。いつもは、まだ埋まったままでいるのに。

浩太郎はちらりと真横を見る。押し入れの襖《ふすま》がわずかに開いている。

乳首に向かって、ゆっくりと舌を這い上げていく。

「あ、ああ……ああ……」

志穂が瞳を開いて、浩太郎を見た。その目は、はやく乳首を舐《な》めて、と告げていた。

浩太郎はわざと、乳首のまわりをじらすように舐める。

「あ、あんっ……いやんっ……」

ぷくっと小さな蕾《つぼみ》が充血していく。

まだだ。もっとじらすのだ。

乳首のまわりだけを、何度もすうっと舌先で舐めていく。

志穂の裸体がふるえはじめた。乳首もひくひく動いている。

そろそろいいか、と浩太郎は、ぺろり、ととがりきった蕾を舐めあげた。

「はあんっ」

志穂の裸体が弓なりに反《そ》った。乳首を舐めただけなのに、ぶるぶると裸体を小刻《こきざ》みにふるわせた。

「すごいな、志穂」

「ああ、そうかしら……わからないわ」

感度が上がっているのはわかっているはずだ。でも、どうしてこんなに感じやすくなっているかは、まだわかっていないはずだ。

それはそうだろう。まさか、あいつが自分の部屋にいるなんて、想像すらできないだろうから。

浩太郎は乳首を吸いながら、左手を下腹部へと持っていく。その途中でお腹《なか》を撫でるだけでも、ぶるっと下半身をふるわせている。

こんな志穂ははじめてだ。

ヘアをすき分け、割れ目をくつろげていく。すると、指先にぬめりを感じた。じわっと愛液があふれてきていた。

誘われるように人差し指を入れていく。すると、そこはやけどしそうなくらい熱かった。そして、大量の蜜でいっぱいだった。

「はあっ、ああ……浩太郎……」

人差し指を少し前後に動かしただけで、ピチャピチャと蜜の音がした。

「なんだよ、この音は」

「ああ、恥ずかしい……」

下半身がずっと小刻みにふるえている。

もしかして、俺のテクのせいではないのか。

いや違う。テクは同じだ。いつもやっていることをやっているだけだ。

それなのに、志穂の反応はまったく違っていた。

「ああ、いるのね……ああ、あいつがいるのね……そうなのね」

「おいっ、出てこいよ」

と浩太郎は人差し指を志穂の中に入れたまま、押し入れに声をかけた。

「もっと、そばで見たいだろう。出てこいよ」

あの野郎はなかなか出てこない。でも、視線の力はさらにパワーを増しているのはわかった。

志穂のあそこが、浩太郎の指をひくひくと締めてくるのだ。

「そんなに感じるのか、あいつの視線を」

「ああ、感じるわ……ああ、熱いの……ああ、身体が燃えるわ……」

襖が開かれた。レジ男が出てきた。

レジ男は志穂だけを見ていた。上気させた横顔から、浩太郎の唾液で濡れた乳首、そして、浩太郎の指が入っている割れ目を、射《い》るような目でじっと見ている。

志穂の裸体から一秒でも視線をそらすことはなかった。

「ああ、ああ……欲しい……ああ、指なんかじゃいや……ああ、もっと、もっとぶっといものが……」

浩太郎は指を抜くと、ネクタイを抜き、ワイシャツを脱ぎ、スラックスをトランクスと一緒に下げると、あらためて志穂の花園をまさぐった。

そこは以前のように乾くことなく、さらなる蜜であふれていた。

浩太郎が脱いでいる間、レジ男が視線で志穂の身体を燃えさせていたのだ。

「ああ、はやく、はやく、見られるだけじゃいやっ……ああ、はやく、突き刺してっ」

志穂の唇から過激な言葉が吐き出される。こんなに発情している志穂を見るのははじめてだった。

レジ男は決して手を出そうとはしない。見るだけだ。

浩太郎はびんびんになったペニスの先端を、志穂の入り口に当てていった。腰骨をつかむと、ぐぐっと突きだしていく。

「ああっ、いいっ」

一撃で志穂は軽く達したように上体を反らせた。ぴくっぴくっと弓なりの裸体をふるわせる。

花園の締め付けが凄《すさ》まじかった。志穂にこんなに締められたのははじめてだ。

浩太郎はゆっくりと動きだした。

「ああっ、ああっ……いい、いいっ……いいわっ」

ゆっくりでも充分だった。

志穂は瞬く間にエクスタシーを迎えた。ペニスの先端から付け根までを強烈に締め上げながら、いく、と叫び続けた。

浩太郎はぎりぎりでペニスを抜くと、志穂のお腹に射精した。

志穂は全身に汗をかいていた。志穂特有の甘ったるい匂いが、裸体全体から立ち昇ってくる。

レジ男を見ると、惚《ほう》けたような顔をしていた。まさか、こいつも射精したのか。スラックスを見ると、沁《し》みが浮き出していた。

見るだけで満足しているのは、どうやら本当だったようだ。

昨日の晩、バイトを終えてコンビニから出てきたレジ男に、浩太郎は声を掛けていた。

志穂の彼氏だとは知っているようで、怯《おび》えたような顔を見せた。

『志穂とはどういう関係なんだ。志穂は見る、見られるだけの関係だと言い訳していたが、どうなんだ』

『あの綺麗《きれい》な女性、志穂さんとおっしゃるんですか。志穂さんのおっしゃる通りです。誓ってなにもしていません。見てはいます。でも見ているだけです。志穂さんには指一本触れていません。信じてくださいっ』

レジ男は今にも泣き出しそうな顔でそう言ったのだ。

『見るだけでいいのかい』

『はい』

『あんた、もしかして、童貞かい』

レジ男はうなずいた。

『ずっと彼女、いないのか』

『彼女なんていません。ずっと見るだけで生きてきたから、それ以外のことをやろうという気にならなくなってきたんです。本当です。だから、志穂さんにはなにもしていません。女性を前にすると、極度に緊張するんです。嫌われたらどうしよう、とか、失敗したらどうしよう、とか。でも、見るだけなら、失敗することはないでしょう。だから、見るだけなんです』

レジ男は必死に言い訳を口にしていた。

あの時は半分信じて半分疑っていた。

「あんた、触りたくないのかい」

「えっ」

「触っていいぞ。俺たちを興奮させてくれたお礼だ。もちろん、ちょっとだけだけどな」

浩太郎の提案に、志穂が異議を唱《とな》えることはなかった。はあはあ、と熱い息を吐いたまま、生まれたままの身体をレジ男の視線の前に投げ出していた。

「どうした。おっぱい、触ってみたくないのか」

「い、いや……いいです。こんなそばで見られただけで充分です」

「触ってみろよ。おっぱいはいいものだぞ」

浩太郎はレジ男の手をつかむと、荒い息をするたび上下に揺れている魅惑のふくらみへと持っていった。

それだけでレジ男の手は震えだした。やはり、こいつの言うことは本当のようだ。志穂にはまったく手出ししていないようだ。

押さえるようにして、レジ男に志穂の乳房をつかませた。

「あっ……」

五本の指が、やわらかなふくらみに食い入っていく。

「どうだい。おっぱいの感触は」

「あ、ああ……ああ、いいです……すごくいいです」

レジ男は次第に大胆になり、志穂のふくらみを揉みくちゃにしはじめた。

けれど、志穂も浩太郎もやめろ、とは言わなかった。またあらたな欲情を覚えはじめたのだ。

浩太郎のペニスはびんびん状態に戻り、志穂の花園は新鮮な蜜であふれだした。

浩太郎は再び、志穂の中にぶちこんでいった。

「ああっ、浩太郎っ」

志穂の中はどろどろだった。それでいて、締め付けはさらにきつくなっていた。志穂の中に手が入っていて、それでぎゅっとつかんでくるような感じだ。

浩太郎は激しく突いていった。出したばかりだから、余裕がある。

「あ、ああ、すごい。おっぱい、すごい」

レジ男は、浩太郎が突くたびに前後に揺れる乳房を、しっかりとつかんでいた。

他の場所には決して手を出してこない。律儀《りちぎ》なのか、気が弱いのか。

「ああっ、いい、いいっ……浩太郎、すごいわっ」

あごを反らし、志穂が叫ぶ。

疑似3Pをしているような気になる。いや、これは紛《まぎ》れもなく3Pだ。しかも、おっぱいしか触らないという保証付きだった。

「しごいていいですか」

「ああ、いいぞ」

すいません、と言うと、レジ男はスラックスのジッパーを下げ、中からペニスを取りだした。

びんびんに立ったいちもつは、なかなかりっぱなものだった。

レジ男の目の光がさらに強くなった。

「ああ、いい、いいっ……二人に……ああ、二人同時に……ああ、犯されているみたいなのっ」

志穂は妖しく潤ませた瞳を、レジ男のペニスにからめている。

責めている浩太郎も、レジ男といっしょに志穂を泣かせているような錯覚の中にいた。

「志穂っ、志穂っ」

「浩太郎っ、ああ、いいわっ、ああ、浩太郎っ」

浩太郎はぎりぎりでペニスを抜くと、志穂のお腹に射精した。同時に、レジ男が志穂のおっぱいに射精していた。


それから数日後――あの興奮を再びと思い、今度は浩太郎の部屋の押し入れにレジ男を潜《ひそ》ませ、ベッドの上で志穂を愛撫していた。

鎖骨に舌を這わせても、なんの反応もない。乳輪に埋まったままの乳首を舌で突いてみると、

「なんか、くすぐったいよ」

とハハハと笑った。おかしい。この前とまったく違う。ここは笑うとこじゃないのだ。鼻を鳴らして、さらなる愛撫をおねだりするところなのだ。

あせった浩太郎は下半身へと手を伸ばす。

割れ目を開き、そっと指を忍ばせてみる。しっとりとしてはいたが、まだまだの状態だった。

あの野郎、ちゃんとのぞいているんだろうな、と浩太郎は押し入れを見た。

「あら、もしかして、いるの？」

「いるよ」

「うそでしょう」

「いるよ。出てこいよ」

レジ男が襖を開いて出てきた。相変わらず、志穂の身体しか見ていない。ベッドに近寄ると、おっぱいをつかんだ。

「なにするのっ」

と志穂がビンタを張った。

「ごめんなさい」

レジ男があわてて手を引いた。

レジ男は童貞のままだったが、すっかり視線のパワーが落ちていた。生身の女体の良さを知り、おっぱいに触りたいだけの凡人に成り下がっていたのだ。

それからまた、志穂とはマンネリセックスが続いている。浩太郎はレジ男に生身のおっぱいの良さを教えたことを後悔していた。

が、レジ男の方は、大人への一歩を踏み出せたようで、

「ヘルスに行ってきました。生フェラですよ。生お××こですよ。匂いを嗅《か》げるんです

よ。ああ、最高でした」
と言いながら、コンビニの販売促進用の粗品を二個、そっとレジ袋に入れてくれた。

姫始めは晴着で

霧原一輝

著者・霧原《きりはら》一輝《かずき》

一九五三年愛知県生まれ。早稲田大学文学部卒業。関東の地方都市在住。エロスを追求しながらさまざまな文筆業を続ける。大人の紳士が堪能できる上質の官能小説を目指している。二〇〇六年に『恋鎖』でデビュー。著書に『初夢は桃色』『派遣のおしごと』『夏色の避暑地』。最新作は『蜜菓より甘く』。
http://www.kiriharakazuki.com/profile.html

1

近所の神社に初詣《はつもうで》に訪れた浅井道雄《あさいみちお》は、着物の袖《そで》に手を入れて、賑《にぎ》わう境内《けいだい》をぶらぶらと歩いていた。何も変わりはしないのに、年があらたまったというだけで、新鮮な気持ちになるから不思議だ。

色鮮やかな振袖に白いファーの襟巻《えりま》きをした若い女の子たちの晴着《はれぎ》姿を見ていると、年甲斐もなく胸が躍《おど》る。

（六十歳を過ぎても、男は男か……）

御神籤《おみくじ》係が美人の巫女《みこ》さんであるのに気づいて、御神籤でも引こうかと思っていると、

「浅井さん？……」

後ろから、呼び止められた。

振り向くと、すらりとした背格好の和服美人がにこやかな笑みを浮かべていた。

小松原蓉子《こまつばらようこ》。近所の奥さんで、その垢抜《あかぬ》けた美人ぶりは町内でも図抜《ずぬ》けている。たしか三十代後半のはずだ。今日はまた鶯《うぐいす》色のセンスのいい和服を着ているせいか、落ちついたなかにも艶《あで》やかな色気が感じられる。

一通り新年の挨拶《あいさつ》を交わしたところで、蓉子に連れがいないことに気づき、

「あれ、おひとりですか？」

「ええ……主人と息子は、海外旅行に出かけているんですよ」

「へえ……蓉子さんを置いて？」

「男二人で旅行に行きたいんですって。ひどい話でしょう」

同意を求めるように目のなかを覗き込んでくる。ちょっと悪戯《いたずら》っぽい表情に、熟女のかわいさのようなものを感じてくらっときた。

いかん、何を考えているんだ、と自分を叱責《しっせき》しながらも、

「私も置いてけぼりをくらって、ひとりなんですよ。どうですか、寂《さび》しい者同士、甘酒でも？」

「ふふっ、いいですわね」

蓉子が承諾したので、浅井の顔も自然ににやけてくる。

二人は露店の長椅子に腰かけ、温かい甘酒をフー、フー冷ましながら口にする。熱いにごり酒が臓腑《ぞうふ》にしみわたった。

冷えた指を紙コップで暖めながら、上品な仕種《しぐさ》で甘酒を飲む蓉子。

（いい女だ。こんな美人の奥さんを残して、息子と旅行するなんて、武史《たけし》くん、いったい

何を考えているんだ？）

小松原家とは昔から親交があった。蓉子の義父にあたる小松原浩隆《ひろたか》とは同級生で、学校に通うのもいつも一緒だった。

もっとも、浩隆は今はいない。三年ほど前に失踪してしまったのだ。家人に「故《ゆえ》あって、家を離れる。事件に巻き込まれたわけではないから、さがさないでくれ」と書き置きを残して、姿を消した。

まったくもって不可解な出来事で、浅井もいまだに得心《とくしん》がいっていない。小松原家も一時は揺れていたが、家を出た人にいつまでも拘泥《こうでい》しているわけにはいかないらしく、今は落ちつきを取り戻している。

蓉子が甘酒を啜《すす》りながら「ご家族の方は？」と聞いてくるので、息子夫婦は孫を連れて、息子の嫁の実家に帰省していることを話した。長年連れ添った女房は浅井が定年を迎える直前に、癌《がん》で一足先に天国に逝《い》ってしまった。

「そうですか……お寂《さび》しいですわね」

目を伏《ふ》せる蓉子にそそられるものを感じて、心に浮かんでいたことを切り出した。

「どうですか……うちで飲みませんか？」

「えっ？　浅井さんのお家でですか？」

蓉子がかわいく顔を傾《かし》げた。

「ええ。寂しい者同士、酒でも飲んで、憂《う》さを晴らしましょう。もっとも、用事があるなら、別ですが」

こんなに着飾っているのだから、もしかして人に会うのかもしれない。

「用事はないですわ。でも、お宅にひとりでうかがったら、ご近所に不審《ふしん》がられないかしら?」

「はは、大丈夫ですよ。行きましょうか」

浅井は返事を待たずに立ちあがった。紙コップを屑籠《くずかご》に棄《す》て、先に立って歩きだす。

自分に強引《ごういん》なところがあることはわかっていた。もっとも、その強引さで会社でも部長までのしあがったのだ。しばらくすると、草履《ぞうり》の足音があとを追ってきた。

床暖房を効《き》かせた居間で、ふかふかの絨毯《じゅうたん》に胡座《あぐら》をかいた浅井は、隣の蓉子に冷酒《ひやざけ》を勧めた。

「すみません」と恐縮しながら、蓉子はコップの底に指を添えて、注がれる冷酒を受けている。

美容院に行ったのか、かるくウエーブを描いて撫《な》でつけられたような黒髪が、後ろで丸く結われていた。鶯色の袖から伸びた腕の白さが妙に生々しくてそそられる。きれいに伸びた左手の薬指には結婚指輪が光っていた。

お節《せち》を肴《さかな》にもう小一時間ほど飲んでいるので、蓉子の白い襟からのぞいた首すじがほんのりと染まり、ちょっとした仕種《しぐさ》にも酔ってきた女のしどけなさが匂い立つ。

浅井も酔っていた。酔ってくると、どうしてもあのことを聞きたくなった。

「ところで、浩隆から、連絡は？」

「……ないんですよ。お義父《とう》さま、何をしているんだか」

そう言って、蓉子は目を伏せた。

「元気でやっていてくれればいいんだが」

「……そうそう、浅井さん、お仕事、すごくやり手だったそうですわね。お義父さまがおっしゃってたわ」

話題を変えたいのか蓉子がそう言って、目尻のすっと切れあがった目を向けてくる。

「大したことないよ。まあ、でも、車のセールスじゃあ、歳とっても若い者には負けなかったな」

自動車会社で営業マンから販売実績を積み重ねて部長まで昇りつめた自慢話を、ついつい披露《ひろう》していた。家の者には「お父さん、もう聞き飽きたよ」と煙《けむ》たがられる話を、蓉子は真剣に聞いてくれるので気分がいい。

「いやあ、蓉子さん、あなたは物事のわかってる人だ。エラい！」

馴れ馴れしく肩を叩きながら、差しつ差されつで酒を酌《く》み交わすうちに、蓉子も酔いが進んできたのか、色っぽく身体を寄せてきた。

肩があたっても、避《よ》けようとはしない。結われた髪の鬢《びん》付《つ》け油のような香ばしい匂いが、男心を駆《か》り立てる。

（酔ったふりをして肩を抱くというのはどうだろう？）

そう考えて、いかんいかん、相手は近所の人妻じゃないか、と自分を戒《いまし》める。

しばらくすると願いが通じたのか、蓉子が「なんか、酔ってきたわ」と肩に顔を預けてきた。

全身に電気が走った。

「ごめんなさい。わたし、甘えられる人がいなくて……」

蓉子はまさかのことを言って、ますます身体を預けてくる。ドギマギしながら、

「わ、私でよければ、かまわんよ」

和服の肩を抱き寄せると、蓉子がしなだれかかってきた。

「いい気持ち。安らぐわ……こんな気持ちになったのは、ひさしぶり」

しとやかに言って、膝のあたりに手を置いてくる。

それだけのことなのに、着物の下で愚息が反応した。最近はぴくりともしなかった不《ふ》肖《しょう》のムスコが、力を漲《みなぎ》らせる気配がある。

「お察しでしょうけど、最近、武史さんとの仲が上手《うま》くいかないんですよ」

言いながら、蓉子は太腿をしなやかな指でさすってくる。

「妻を残して旅行に出かけるなんて、信じられない。わたしの気持ち、おわかりになるでしょう？」

「ああ、わかるよ」

言わされている感じだった。

「わたし、そんなに魅力ないかしら？」

蓉子は身体を離して、正面から浅井を見つめてくる。

大正ロマン風のウエーブした黒髪を撫でつけたような髪形の下で、ととのった美人顔が酔いで妖しく染まっている。目尻の切れあがった目が、憂《うれ》いと媚《こび》を含んで男心をそそる。

「いや、蓉子さんは魅力的だよ。あなたみたいな素敵な人を残していく武史くんは、大馬鹿者だ」

「ほんとに？」

「もちろんだ」

「うれしい！」

正面から抱きついてきたので、勢いに押されて、浅井は後ろに倒れた。

仰向《あおむ》けになった浅井にのしかかるようにして、蓉子は上から妖艶《ようえん》に見つめてくる。

芙蓉《ふよう》の花のようなふっくらとした赤い唇がせまってきた。キスされていた。

（おいおい、俺は初夢のつづきを見てるんじゃないだろうな？）

とまどっているうちにも、蓉子はちゅっ、ちゅっとついばむように柔らかな唇を押しつけてくる。

目を開けたまま、表情をうかがうようにして、舌を伸ばしてきた。こうなると、浅井も「男」を取り戻す。

舌を差し伸べると、蓉子は舌を横揺れさせて舌先を刺激したり、まわすようにしてまといつかせてくる。

女と接吻したなどいつ以来だろう。しかし、相手は親友の息子の嫁だ。

（まずいぞ、これはまずい！）

だが、気持ちとは裏腹に蕩《とろ》けるような陶酔《とうすい》のなかで、下腹部のものがくっと頭をもたげてきた。最近は朝勃ちさえしなかった愚息が、いきりたっている。

2

こらえきれなかった。身体を入れ換《か》えて、上になった。

下になって羞恥心が芽生《めば》えてきたのか、蓉子は袖で顔を隠して、帯の締められた胸のふくらみを切《せつ》なそうに喘がせている。

片膝を立てているので、花の模様が斜めに散った和服の前身頃がはだけて、白の襦袢《じゅばん》とともに、むちむちっとした太腿がのぞいている。

（なんという色っぽさだ！）

和服美人のしどけない色気に誘われて、浅井は着物の合わせ目から手を入れ、足をなぞりあげた。

「あんっ！……」

よじりあわされる足をこじ開けながら、膝から太腿へと手を這《は》わせていく。

白の襦袢が割れて、ほの白い太腿があらわになった。すべすべの内腿を上へとなぞると、

「いやっ……」

ゆるんでいた太腿が、ふたたび締めつけられる。

豊かな肉の弾力を感じつつも、強引に奥まで指を届かせた。下穿《したば》きはつけていなかった。柔らかな繊毛とともに、湿った恥肉が指先に触れた。

「ああん、いや……恥ずかしいわ。濡れてるでしょう？」

「濡れてるな。ぬるぬるだ」

「浅井さんがいけないんだわ」

「私が、か？」

「そうよ……んんんっ……いや、だめっ……ぅんんん」

濡れ溝を指でいじると、眩《まばゆ》いばかりの太腿が内股に絞《しぼ》りたてられ、白足袋に包まれた小さな足の先が折れ曲がって、絨毯に食い込んだ。

足をさらに開かせようとすると、蓉子が首を左右に振った。

「着物、脱ぎますから」

立ちあがって、帯締めを抜き取った。器用に結び目をといて、帯をほどいていく。

シュルシュルッという衣擦れの音とともに、解かれた帯がリンゴの皮のように床に雪崩れ落ちる。

（色っぽいぞ、たまらん！）

和装ストリップに目を奪われながら、浅井も着物を脱いだ。肉色の股引《ももひ》きをはいていたことが恥ずかしくて、急いでおろす。

白の襦袢姿になった蓉子が、切れ長の目を向けて、

「そこに、寝てください」

「私が、下になるのか？」

「いけませんか？」

「いや、かまわんよ」

この歳になると、上になってかわいがるのは疲れる。絨毯に寝ころがった。床暖房が効いていて、背中がぽかぽかと暖かい。

すると、蓉子が後ろ向きでまたがってきた。シックスナインの格好である。

白の襦袢を張りつかせたむちむちの尻たぶを撫でまわした。蓉子もトランクス越しに分身をさすってくる。

トランクスがさげられた。さらしものになったムスコが恥ずかしい。

「ふふっ、お元気だわ、浅井さんのムスコさん」

蓉子が茎胴に指をからませながら言う。

「そ、そうか？」

「ええ……お若いわ。威張《いば》ってるもの」

そう言って、蓉子は分身を擦《こす》りはじめた。包皮を亀頭冠にぶつけるようにしごかれ、先端にキスされると、甘い疼きが下半身に溜まってくる。

こらえながら、目の前の襦袢をまくりあげた。

あらわになった尻たぶは満遍《まんべん》なく肉をたたえて、剝《む》き卵のような光沢を放っている。撫でまわし、桃割れの底で息づいている肉貝を舐めると、

「うんっ！……」

びくっと尻が震え、肉棹をつかむ指に力がこもる。

浅井はあられもなく開いた肉びらに吸いつき、恥蜜を啜《すす》った。濃密なフェロモン臭に噎《む》せながら、濡れ溝に舌を這わせる。

「んんんっ……ぁああ、いや……んんんっ……ぁああ、うぐぐ」

背中を反《そ》らせていた蓉子が、下半身のものを頰張《ほおば》ってきた。湧きあがる情感をぶつけるように、大胆に首を打ち振る。

温かく、ぬめる口腔に包まれて、疼くような陶酔感が込みあげてくる。

フェラチオされるのなどいつ以来だろう。女房はいやがったから、はるか昔にソープ嬢にしてもらったのが最後だった気がする。

しとどに濡れた肉びらを指でなぞり、中指を窪みに添えると、ぬるぬるっとはまりこんでいく。

熱く滾《たぎ》る粘膜が指にからみついてくるのをはねつけながら、時計まわりに指を上向けて、肉の襞を小刻みに叩いた。

「ううん……うふっ、うふっ」

くぐもった声を洩らし、蓉子は双臀をもどかしそうに揺らめかせる。

浅井は差し込んだ指で、粘りついてくる肉の畝《うね》をかきまわした。

「ううんっ！……」

すくいだされた恥蜜が、指はおろか繊毛の翳《かげ》りさえ濡らしていた。あらわになったアナルのセピア色の窄《すぼ》まりが、ひくついている。

ねちっ、ねちっという粘着音が、やがて水が撥《は》ねるような音に変わった。蓉子は咥《くわ》えていられなくなったのか、

「ああっ……だめっ……イキそう」

切なげに腰をくねらせながらも、右手は肉茎をつかんで、さかんにしごきたてる。

「ああ、欲しいわ。これが、欲しい」

「蓉子さん、自分で入れて」

言うと、蓉子は緩慢《かんまん》な動作で立ちあがった。

身体の向きを変えて、股間にしゃがみこんできた。襦袢の前が割れて、ほの白い内腿がのぞく。黒々とした翳りが下腹を縦に走っている。

蓉子は和式トイレにまたがるように屈《かが》み、肉棹を指で導いた。潤《うる》みに先端を擦りつけてから、ゆっくりと腰を落としてくる。

分身が温かな女の粘膜に包まれたと思ったら、

「うん……ぁあああぁぁ」

上体を反らせながら、蓉子は前に屈み込んできた。

すぐに腰が動きだした。体重を前にかけて腰から下を突き出したり引いたりして、くいっ、くいっと腰を揺らめかせる。

いきりたった肉柱が根元からへし折られそうだ。切っ先が粒立った粘膜を突いているのがわかる。

（おおぅ、たまらんぞ！）

まるで、筆下ろしをしてもらったガキのようだ。忘れていた女性器の感触を思い出していた。とろとろに溶けた肉路が締まりながら、分身を包み込んでくる。まったりと粘りつく肉襞は天国の心地好さだ。

ひさしぶりに体験する姫はじめが、近所の奥さん相手とは。

新年早々の僥倖《ぎょうこう》に感謝しつつ、手を伸ばして、襦袢からこぼれた乳房を揉んだ。

もともと色白なのだが、乳肌はそれに輪をかけて雪白に張りつめている。静脈が透《す》け出るほどの乳肌は、揉めば揉むほどかたちを変えて、指にまといついてくる。

「んんんっ……ぁあぁ、ステキよぉ」

蓉子は胸を預けるようにして、柔軟な腰をきゅっ、きゅっと鋭く打ち振る。そのたびに分身を揉み抜かれて、逼迫《ひっぱく》した情感が込みあげてくる。射精前の疼くような感覚を思い出していた。

蓉子が身体を起こした。

腹に手を突き、腰を持ちあげて、ゆったりと上下動させる。

「見えます？　入っているところ」

すっと切れあがった目で、上から顔を覗き込んでくる。

「ああ、見えるよ。おチンチンが蓉子さんのオマ×コを割ってるな」

襦袢をまつわりつかせた左右の太腿がひろがり、翳りの奥を濡れた肉棹が出入りするさまがはっきりと見えた。

目から送り込まれる快感が、男の性中枢《ちゅうすう》を直撃する。

「ぅんんっ……ぁあぁ、やっ」

完全に腰を落としきった蓉子が、上体を垂直に立てて、もどかしそうに腰をグラインドさせた。

「ああん、欲しい……ねえ、ねえ」

突きあげてほしいのだろう。滾る蜜壺を思い切り突いてほしいのだ。

襦袢から伸びた腕を引いて、前に屈ませた。乳房が押しつけられるほどに引き寄せて、膝を立てる。

動きやすくしておいて、下からぐーんと突きあげた。二、三度繰り返しただけで、腰が重くなってきた。それをこらえて、屹立を叩き込んでいく。

「あっ！……あっ！……ぅんんっ」

身体を揺らせて、上体をのけぞらせる蓉子。襦袢ごと乳房を荒々しく揉みながら、腰を跳ねあげると、

「いいわ！　あたってる。おチンチンが奥にあたってる……ステキよ。ステキ……ああん、響いてくる」

喘ぐように言って、ぎゅっとしがみついてくる。

もっと突きたくなって、蓉子を抱いたまま、身体の向きを変えた。いったん側臥のかた

ちになってから上になる。

もう長くはもちそうになかった。覆《おお》いかぶさって、腋の下から手を入れて肩を引き寄せる。そうやって衝撃が逃げないようにして、つづけざまに突いた。

「ぁあああ、いいっ……いい！」

蓉子は二の腕にしがみつき、繊細な顎をいっぱいに突きあげる。結われた髪形が崩れ、優雅な顔が今にも泣きださんばかりに女の悦びをあらわにする。

襦袢から突き出した足が、腰にまわされた。白足袋に包まれた足で、浅井の腰をぎゅっと押してくる。

（おおぅ、なんていやらしいことを！）

昂奮しながらも、エネルギー切れのタイマーが点滅《てんめつ》しはじめていた。この機会を逃せば、もう射精は無理だという気がする。

「ぅおおぉぉ……蓉子さん！」

名前を呼んで、ここぞとばかりに猛烈に腰を律動《りつどう》させた。

「ぁあああぁぁぁ……いい！……ちょうだい！　欲しい！」

「そうら！」

たてつづけに深いところに切っ先を届かせた。熱いマグマが駆けあがってくる。

「ぁああ、イッちゃう。イク、イク、イクぅ……はうんっ！」

顎を限界までのけぞらせて、蓉子が躍りあがった。びく、びくっと痙攣するのを感じて、浅井も精液をしぶかせていた。尿道管が軋《きし》むような射精感が背筋を貫き、尻が勝手に震えている。

3

浅井はばつの悪さを感じていた。いくら合意の上とはいえ、かつての親友の義理の娘と情を交わしてしまったのだから。

だが、蓉子の態度がそんな気持ちを押し流した。情交のあとで「今夜、泊まっていっていい？」と、身体をすり寄せてきた。

とまどいながらも、浅井は「もちろん」と答えた。怖いのは近所の目だが、それさえクリアできれば、むしろこちらから頼みたいくらいだ。

自惚《うぬぼ》れていたわけではない。蓉子が自分に惚れているなんてことはあり得ない。たぶん旅行に連れていってもらえなかった寂しさや悔しさを、紛《まぎ》らわしているのだ。

しばらくすると、蓉子は襦袢に丹前《たんぜん》をはおってキッチンに立ち、手際よく料理を作った。

料理も上手《うま》いし、美人で色気もある。こんないい女を息子の嫁に貰ったのだから、浩隆も居心地が良かっただろうに、なぜ失踪なんかしたんだろう？

夕食を取ってから、二人で一緒に風呂に入った。

すらりとしていながら、女の柔らかな肉を随所《ずいしょ》にたたえた色白の裸身は、湯煙《ゆけむり》のなかではいっそう艶《なま》めかしく映った。とくに乳房のふくらみとヒップの曲線は贅《ぜい》の極みを尽《つ》くした極上品だった。

二人でバスタブにつかり、こっちにと呼ぶと、蓉子は後ろ向きに膝の上に腰をおろした。

結《ゆ》いあげられた髪からのぞく襟足は、髪の生《は》え際が色っぽい。楚々《そそ》としたうなじにキスしながら、手を前に伸ばして乳房を包み込んだ。

「あんっ……」

びくっと首をすくめて、蓉子が胸の手に手を重ねてくる。

「まさか、蓉子さんとこんなことになるとは、思わなかったな」

お湯ですべる乳肌を、揉みながら言う。

「そうですか？　わたしは浅井さんのこと、ステキなおじさまだなって思ってましたよ」

「オベンチャラはいいよ」

「そうじゃないわ……あんっ！」

尖《とが》ってきた乳首をくりっとこねると、蓉子の顔が跳ねあがった。

お世辞だとわかっていても、気分がいい。しこった乳首を転がし、もう一方の手で太腿を割った。海草のように浮いた恥毛の奥をまさぐると、

「ぁあん、だめよ」

そう言いながらも、蓉子は首の後ろに手をまわして、自ら足をひろげた。

湯中で息づく肉貝を愛撫し、上方のこりっとした突起をまわし揉みすると、「いやぁぁん」と艶めかしい声とともに尻が揺れて、肉茎を刺激してくる。

「蓉子さんは感じやすいんだね」

耳元で囁《ささや》く。

「浅井さんがいけないんだわ。お上手だから」

「いや、蓉子さんがエッチなんだ」

「もう……んんっ、そこ……あっ！」

クリトリスを指に挟んで転がすと、蓉子は勢い良く顔をのけぞらせた。

「もう一回、しようか」

言うと、蓉子が恥ずかしそうにうなずいた。

二人はあわただしくバスルームを出て、二階へとつづく階段をあがっていく。蓉子は襦袢を浴衣のように着ていた。

白の布地にぴっちりと包まれた尻たぶが、一歩、また一歩と階段をあがるたびに、むちっ、むちっと揺れる。

自室の和室に入ると、蓉子を籐《とう》のひじ掛け椅子に座らせて、カーテンを完全に閉め切った。

「ふふっ、何をなさるの？」

「こうするんだ」

片足を持ちあげて、ひじ掛けに乗せた。

「いやっ」とあらわになった股間を隠す手を外した。湿った繊毛《せんもう》が恥丘に張りついているのを見ながら、膝から太腿にかけてを舐めあげていく。

「いやっ……やっ、やっ」

よほど敏感《びんかん》なのだろう、蓉子は襦袢からのぞく太腿をいやらしい角度で開き、びくっ、びくっと震えている。

浅井は太腿を手で撫でながら、鼠蹊部《そけいぶ》にかけて舌を走らせる。恥肉寸前でUターンさせ何度も往復させると、腰がみだらに揺れはじめた。

触ってほしいとでも言うように、下腹部を前にせりだしては横揺れさせる。


「ここを舐めてほしいのかな?」

「ああ、舐めてほしいわ」

「その前に、ここを」と、蓉子の右手を恥肉に導いた。

「自分でいじるんだ」

「ああん、いやよ……恥ずかしいわ」

「じゃあ、放っておくけど」

蓉子はためらっていたが、やがて欲望に負けたのか、われめに指を這わせはじめた。濡れ溝に沿って、すっ、すっと指を躍らせ、「んんんっ」と顎をせりあげる。

浅井も寝巻の前から肉茎を取り出して、しっかりと握った。ほっそりした指が潤みの中心をくりくりとまわし揉みしているのを見ながら、分身をしごく。

劣情をそそられる光景だった。

あさましく開いた足の間をこねながら、蓉子は片方の手を襦袢の襟元にすべりこませて、乳房を揉みしだいている。

「あっ、あっ」と震えながらも、指の動きには拍車がかかり、内側に折り曲げられた親指がクリトリスをこねまわしている。

足の親指がのけぞり、首すじがさらされるのを見ていると、手のひらのなかで分身が力を漲《みなぎ》らせた。擦りながら、言った。

「蓉子さん、こっちを見て。ほら」

見開かれた切れ長の目の前に、怒張を突きつけるようにして、大きくしごきあげる。

「ああ、いやっ」

そむけられた蓉子の顔を戻して、しごくさまを見せつけた。

「ああ、意地悪だわ。ああ、すごい」

そう言う蓉子の目はねっとりとした色情の光芒《こうぼう》をたたえて、肉柱に釘付けにされている。

包皮のぶつかる亀頭冠がくっとせりだして、手のひらのなかで勃起が脈打った。

(俺もまだ、こんなになるんだな!)

若い頃の自分がよみがえったようだ。

「おしゃぶりしたいわ、いい?」

上目遣《うわめづか》いに蓉子が聞いてくる。

「かまわんよ」

蓉子は上体を屈めて、肉茎をつかんだ。しなやかな指でしごきながら、亀頭部を舐めてくる。

舌をいっぱいに出して、ちろちろと横揺れさせて鈴口を刺激する。それから、亀頭冠の出っ張りにもねちっこく舌をからめてくる。

この姿勢ではやはりしゃぶりにくいのか、椅子をおりて、浅井の前にひざまずいた。肉棹を持ちあげておいて、裏のほうに舌を這わせてくる。

歳をとっても裏筋は感じる。本体よりも敏感かもしれない。

裏筋に沿っておりていった舌が、皺袋にたどりついた。潤沢《じゅんたく》な唾液をまぶすように金玉袋を丹念《たんねん》に舐められ、さらにその奥のアナルへとつづく蟻の門渡《とわた》りへと舌を這わされると、ぞくぞくっとした戦慄が走り抜けた。

女房さえしてくれなかったのに、近所の美人妻が、肛門まで舐めてくれる。

(信じられん!……こんなことがあってもいいのだろうか?)

下を見ると、股ぐらに顔を突っ込んだ蓉子のしどけない姿が目に飛び込んでくる。円形に結われた黒髪が揺れ動き、行儀良く揃えられた踵《かかと》の上で、むちむちの尻がもどかしそうにうねっている。

肛門に舌を走らせていた蓉子が顔をあげた。屹立を咥え込み、上目遣いに浅井を見あげながら、柔らかな唇をすべらせる。

(なんという色っぽい目をするんだ。男を誘う目だ)

蓉子は何度も唇を往復させると、肉棹を吐き出して亀頭に舌を走らせる。その間も、艶めかしく浅井を見あげながら、皺袋をあやすことを忘れない。

(たまらん!……)

打ち込みたくなって、腰を引いた。優美な顔を上気させた蓉子を、敷いてあった布団に這わせる。

4

襦袢をめくりあげると、湯上がりのピンクに染まった双臀がまろびでた。熱を帯びた尻を撫でまわし、引き寄せながら屹立を押し込んでいく。

「うはぁぁぁ!」

シーツを握りしめ、頭を跳ねあげる蓉子。

「くうぅぅ」と、浅井も奥歯をくいしばっていた。馴れたのか、さっきよりも粘着《ねんちゃく》力を増した肉襞がうごめきながら、分身に吸いついてくる。

若く血気盛んな頃なら、三擦《みこす》り半《はん》で洩《も》らしていただろう。だが、今の浅井は歳をとったせいで勃起するには時間がかかるが、いったん勃ってしまえば遅漏気味である。

白の襦袢のまつわりつく腰を引き寄せて、たん、たん、たんと腰を叩きつけた。

「あっ！……あっ！……」

両手を立てて打ち込みを受け止めていた蓉子が、腕を畳んで前に突っ伏していく。腰だけを高々とせりだした格好が、たまらなく卑猥だ。

シーツを握りしめた指が変色するのを見ていると、思わず力が入った。腰の蝶番《ちょうつがい》が軋《きし》むほどに、猛烈に叩きつけた。

「ぁあああ……だめぇ」

前に崩れ落ち、逃げる腰を追ってうつ伏せになった蓉子に、重なっていく。

持ちあげられた尻に向かって、下腹部を突き出すようにしてえぐりたてた。蓉子は片足を前に出して、逃げる途中のような格好なので、まるでレイプでもしている気分だ。

「ああ、きつい！」

蓉子が腰を引いたので、ぽろっと肉棹が抜けてしまった。

ならばと、蓉子を仰向けにして、正面から押し入った。

若い頃を思い出していた。足首をつかんで足を開かせて、襦袢のはだけた下腹部の翳りめがけてぐいぐいと打ち込んでいく。

「あんっ、あんっ……強いわ。浅井さん、強い。ぁああ、信じられない。入ってくる。あなたのおチンチンが、入ってる！」

眉をハの字に折り曲げて、蓉子がなやましく見あげてくるので、浅井は誘われるように腰をつかった。どこにこんな力が潜んでいたのか不思議でならない。

開かせていた足を肩にかけた。担ぐようにして上体を前のめりにして、上から突き刺した。

「すごいわ……すごい！……あんっ、あんっ……わかるの。おチンチンがわかるの」

蓉子は両手でシーツを握りしめながら、あらわな言葉を吐く。優雅な美人なだけに、一言一言が性中枢に突き刺さってくる。

浅井は足を外して、覆いかぶさった。両手を脇に突いて、のけぞるようにして下腹部を突き出していく。

「うんっ、うんっ……いい。蕩けちゃう。あそこが蕩けちゃう。ステキよ。立派よ。逞しい……ぁああ、あなた」

蓉子は腕をぎゅっとつかんで、艶めかしく見あげてくる。M字に開かれていた足が、いつの間にか腰にからんでいた。

（この女は、男を骨抜きにする。男を夢中にさせる女だ）

蓉子の有する「魔性の性」を思った。体力はとうに限界を超えているはずなのに、腰が勝手に動いている。いや、動かされている感じだ。

腰を躍らせながら、襦袢の襟元からこぼれた白桃のような乳房を荒々しく揉みしだく。

「ぁああ、あなた……どうにでもして。蓉子も好きなようにしてちょうだい」

蓉子が女の哀感をたたえた目を向けて、切々と訴えてきた。聞いた途端に、パチーンと何かのスイッチが入った。

「うおお、蓉子！」

得体の知れない激情に駆られて、浅井は夢中で腰をつかった。最後の力を振り絞って、連続してえぐりたてる。

「あんっ、あんっ、あんっ……」

浅井の腕をつかんで、蓉子は切なげな喘ぎをスタッカートさせた。のけぞりかえった白い喉元のなやましさ。

唸りながら、膣肉を突いた。緊縮力抜群の肉路が送り込まれる怒張にからみついてくる。

「ぁああ……浮いてる。飛んでっちゃう。捕まえていて。蓉子を捕まえていて……ぁああぁぁぁぁ、イキそう！」

「そうら、イケよ。そうら！」

渾身《こんしん》の力を込めて、連続して奥まで届かせた。

「うはっ！……あはっ……はうぅぅぅ！」

蓉子がのけぞりかえるのと、浅井が射精するのはほぼ同時だった。

絶頂の痙攣を示す膣肉に、精液を絞り出す。今日二度目だというのに、驚くほどの量があふれた。

尿道管が引きつるような漏洩《ろうえい》感のなかで、しなやかな身体を抱きしめた。蓉子もびくびくっと震えながら、浅井にしがみついている。

打ち尽くして、浅井はかたわらにごろんと横になった。

精根《せいこん》尽き果てた感じだ。明日になれば、きっと至る所が筋肉痛になるだろう。それでも、気持ちはいまだに昂っている。

ぐったりと横たわっていた蓉子が、身体を寄せてきた。腋の下に顔を埋めて、「いい匂い」と腋毛を舐めてきた。

ぞくぞくっとした感覚に酔っていると、蓉子が胸板に顔を乗せて、言った。

「うちのお義父さまのこと、気になります？」

「ああ、もちろんだ」

「知りたいですか？」

「それは……蓉子さん、知ってるのか？」

浅井は眉根を寄せて、蓉子を見た。

「絶対に口外なさらないって、約束して」

「ああ、約束するよ。どうしてるんだ、浩隆は？」

蓉子が胸をなぞりながら、言った。

「お義父さまが失踪する半年ほど前だったかしら。お義父さまと出来たのは……」

浅井には、蓉子の言っている意味がつかめない。いや、わかっているのだが、事実とは認めたがらない自分がいる。

「で、出来たって？」

「武史さんが出張で家を空けた夜だったわ。お義父さま、わたしを……」

「や、やったのか！」

色めきたって聞いていた。しばらくして、蓉子がうなずいた。途端に頭のなかがパニックになった。

（浩隆のやつが、息子の嫁を！……信じられん。あの真面目なだけが取柄《とりえ》の浩隆が、そんな愚かなことをするわけがない！）

　信じたくなくて、言った。

「ウソだろ。私をからかってるんだ」

「ウソじゃないわ」

　言葉少ない否定が、かえって信憑《しんぴょう》性を感じさせた。それにこの女を前にしたら、浩隆だっておかしくなるかもしれない。身体を合わせる前ならいざ知らず、今の浅井には浩隆の気持ちが手に取るようにわかる。

「一度だけだった。でも、お義父さまは家を出た……きっと、武史さんの顔を見るのがつらかったのね」

　言いながら、蓉子は胸元を指でなぞってくる。どうしても聞いておきたかった。

「蓉子さんのほうから、浩隆を誘ったわけじゃないだろうな」

「いくらなんでも、そんなことしません！」

　蓉子が怒ったように言ったので、事実だろうと思った。だが、直接誘惑しなくても、蓉子の色っぽい姿を毎日のように目にしていれば、真面目な浩隆には誘惑と映っただろう。

　思いついて、聞いた。

「で、さっき、浩隆の消息を知ってるって」

「うちのの留守を見計《みはか》らって、時々、電話が来るの。声を聞きたくなるんですって……今は大阪で仕事してるみたい」

「元気なのか？」

「ええ、元気で働いているから、浅井さん、心配なさらないで」

「そ、そうか……」

親友の消息がわかって、浅井は安心した。蓉子はこれが言いたくて、結果、浅井と寝るはめになったのかもしれない。

「武史さん、二人のことに薄々気づいたんじゃないかな。この前、お義父さまと電話しているところを、聞かれたから」

「そうか……それで、あなたを残して、旅行に？」

蓉子は静かにうなずいて、胸板に顔を埋めた。それから、胸を手のひらでなぞりながら、言う。

「わたしのこと、怖いですか？」

「正直言うと、ちょっとね」

「大丈夫ですよ。もう、来ませんから」

「いや、そういうわけじゃあ」

「……あなたに抱いてもらって、よかったわ。ひさしぶり。男の人に抱かれて、安らぎを感じたのは……何もしなくていいの。抱いてて、朝まで」

殺し文句《もんく》を吐《は》いて、蓉子は頬《ほお》ずりしてくる。

(このままじゃあ、俺も浩隆の二の舞を演じそうだな。武史くんの顔がまともに見られない)

そう思うものの、蓉子を突き放すことはできそうにもなかった。

肩に手をまわすと、蓉子が乳首に唇を押しつけてきた。

人妻店長の目覚め

真島雄二《ましまゆうじ》

著者・真島《まじま》 雄二《ゆうじ》

一九六六年、神奈川県生まれ。東京都立大学人文学部卒業。真島雄二名義では主に本格的な官能小説を執筆。また深町《ふかまち》薫《かおる》、緋色《ひいろ》煌二《こうじ》の別名義で、美少女ゲームのノベライズやオンライン小説等も発表している。最新刊に『教育実習生 秘密の官能指導』『特命人妻』など。

1

その男が野島美樹子《のじまみきこ》が店長を務めているランジェリーショップに入ってきた時、彼女は男が店を間違えたのではないかと思った。

ここには男性用の下着は置いていない。男性が来店するとすれば、女性と一緒であることが多かった。

女性へのプレゼントを買い求めるために、男性が一人で店に来ることもあるが、このショップのラインナップからすると、客の大部分はわりと裕福な人たちだった。

それに対し、目の前にいる男は三十歳になる美樹子よりも年下だったし、着ている服も決して高価なものではなかった。

その上、もう閉店間際の時間だった。店員の安藤春菜《あんどうはるな》も店のシャッターを下ろそうとしていたところだったのだ。

実際、シャッターはもう半分近く下りていた。男は春菜を店の中に押し戻すようにして入ってきた。

「お客様……」

美樹子がそう声をかけると、男はポケットからナイフを取り出した。それから、近くにいた春菜を羽交《はが》い締《じ》めにし、その首筋にナイフの刃を突きつけたのだ。

「きゃあっ!」

「金を出せ」

男は低い声でそう言った。彼は強盗だったのだ。美樹子はその事実を知り、大きな驚きと恐怖を覚えた。

それにしても、ランジェリーショップに押し入るなんて、妙な強盗だった。まあ、確かにここでは高価な下着を取り扱っているので、毎日、それなりの売り上げがある。また、この店は駅前の商店街からは少し離れたところにあり、そうした立地条件のせいで狙いやすかったのかもしれない。

美樹子は店の奥の方にいたので、裏口から逃げることも可能だった。しかし、春菜を見捨てるわけにはいかなかった。

もう遅い時間なので、通りを歩いている者もいない。ほかの人間に助けを求めるのも難しそうだった。

備えつけの警報装置を押すことも考えたが、警備会社の人間が駆《か》けつけるまでには多少の時間がかかる。もし警備員を呼んだことがばれたら、男は何をするか分からない。

「早くしろ」

とにかく、言われたとおりにした方がよさそうだった。保険に入っているので、たとえ金や商品を盗まれても、実際の被害は少なくて済む。従業員を犠牲にするわけにはいかないし、抵抗した場合、男は美樹子にも危害を加えようとするに違いない。

金を渡せば、すぐに立ち去ってくれるかもしれなかった。長居をすると、それだけ捕まる可能性が高くなることは、男も分かっているはずだ。

「逃げたりするなよ」

美樹子がレジの方に歩きだすと、男はそんなふうに言って彼女を脅した。美樹子の行動を警戒しているのだ。

一万円札の束《たば》を男に渡す。細かく数えたりはしなかったが、彼はその金額に満足しているようだった。

このランジェリーショップはチェーン店で、オーナーはほかにいたが、美樹子は店長として雇われていた。元は普通の店員だったが、少し前に抜擢《ばってき》されたのだ。

店では主にブランド物のランジェリーを扱い、オリジナルデザインの商品も売っていた。どれも上品なデザインと高級感を売り物にしている。

美樹子はそれほど経営の能力がすぐれているわけではなかったが、接客には自信があった。だから、この店はリピーターが多く、売り上げは安定していた。

店員の春菜は美樹子より四つ年下だ。店の切り盛りについては、彼女の方が上手かもしれない。いずれは春菜もどこかのショップの店長になることができるだろう。

春菜はまだ独身のようだが、美樹子は結婚しており、五つ年上の夫は大手の広告会社に勤めている。

お互い、仕事が忙しく、特に、最近では夫と一緒の時間を過ごすことは難しくなっていた。自分たち夫婦には子供もいなかった。

強盗は金を手に入れたが、すぐに春菜を自由にしようとはしなかった。まだナイフを彼女に向けている。

「おい、シャッターを完全に下ろせ」

男が美樹子にそう命じた。

「お金をあげたんですから、もう彼女を放してください」

美樹子は思い切ってそんなふうに言ってみた。強盗を刺激してはいけないが、早くここから立ち去ってほしかった。

「いいから、命令どおりにしろ。それとも、この女が刺されてもいいのか」

そう言われてしまっては、美樹子も男の言葉に従うしかなかった。やむなく、彼女はシャッターをすべて下ろした。

この店は閉店の際、ショーウインドーもシャッターに覆われる形になっており、これで店内を外から見ることはできなくなった。

つまり、店の前を誰かが通りかかっても、ここに強盗が入っていることには気づかないわけだ。

おまけに、強盗と美樹子は位置が入れ替わったため、男が裏口の前に立ちふさがる形になり、そこからも逃げられなくなってしまった。これでは、レジのところにある警報装置を押すこともできない。

店のシャッターは一度閉めてしまうと、開けるのに時間がかかる。そこから外に飛び出そうとしても、手間取っている間に、男に捕まってしまうだろう。

「この店は女物の下着ばかり売っているんだな。パンティ、ブラジャー、ストッキング、何でもあるじゃないか」

男は店内を見回し、いやらしい笑みを浮かべながら、そんな言葉を口にした。嫌な予感がした。男の態度に妙に余裕があるのが気になった。

「あんたが店長か。女が実際にここのランジェリーをつけたら、どれだけセクシーになれるか、見てみたくなったぜ」

今度は美樹子の体をじろじろ眺めている。彼女は男の視線を感じるだけで恥ずかしくなった。この店の男性客はみんな品がいいので、そんな視線を向けてくる者はいないのだ。

美樹子はやや肉感的な体つきをしていた。バストは大きめだし、ヒップや太ももも色っぽく張り詰めている。それでいて、ウエストはきちんとくびれていた。

「あんたがモデルになって、ここにある下着を身につけるんだ。俺のことは強盗じゃなくて、客だと思ってくれればいい。客になら、そのくらいのサービスはするだろ」

男がとんでもないことを言い出したので、美樹子は驚いてしまった。本当の客にだって、そんな恥ずかしいサービスはしない。ここは風俗店ではないのだ。

「お金ならいくらでもあげますから、私たちに構わず出ていってください……」

美樹子はそう哀願したが、男はここに居座るつもりのようだった。

「せっかく下着がたくさんあって、いい女が二人もいるのに、何もしないで帰れるかよ。さっさと着替えないと、この女の喉《のど》にナイフを突き刺すぞ」

男は本気のようだった。手にはナイフを持っており、何をするか分からない。春菜を人質にとられているため、言いなりになるよりほかに道はなかった。

それに、心配なのは、男が強盗であるにもかかわらず、マスクなどで顔を隠していないことだった。

確かにマスクをしていたら、警戒されて店には入れなかったかもしれないが、男は美樹子たちに顔を見られても平然としているのだ。これでは、彼女たちは生きてここから出られない可能性もあった。

「下着は俺が選んでやる。あんたの横にある赤いやつをつけてみろ」

強盗がそう命令した。こんな男の前で下着姿にならなければならないなんて、考えるだけで美樹子は大きな恥ずかしさを覚えた。

2

この店で売られている下着は上品なデザインのものばかりなので、卑猥な形のものはなかった。

しかし、男がセレクトしたランジェリーは透ける素材が使われており、かなり官能的だった。

それに、美樹子は重要なことに気づいた。この下着に着替えるためには、身につけているものを全部脱がなければならないのだ。

「どこに行くんだ。ここで着替えろ」

「あなたの前では服は脱げません。どうかあっちで着替えさせてください」

美樹子はそう言いながら、奥の事務所の方を指差した。

「俺があんたの裸を見逃すはずはないだろ。この場で裸になるんだ」

「イヤです……」

「おまえたち、そんなに死にたいのか。俺は人を殺すことなど何とも思っていないぜ」

強盗がナイフの刃を春菜の柔肌に食い込ませようとした。

「店長、助けて……」

いつもはクールに振る舞っている春菜だが、今は泣きそうな顔をしていた。誰だって死ぬのは怖い。

「分かりました。ここで着替えますから、彼女を傷つけないで……」

美樹子は込み上げてくる恥ずかしさに打ちのめされそうになっていたが、仕方なく、服を脱いでいった。

ブラウスのボタンを外す手が震えてしまった。ブラウスを脱ぎ去ると、ブラジャーがむき出しになる。

それから、ためらいつつも、スカートをおろした。下半身はまだショーツで隠されていたが、むっちりした太ももが露出してしまったのが恥ずかしかった。夫の前でだって、こんなに明るい場所では裸になったことがないのだ。

だが、羞恥心をあおられ、なかなかそれ以上脱ぐことができなかった。

まして、ここは美樹子の仕事場だった。セクシーな下着に取り囲まれてはいるが、それはあくまでも商品だ。

いつもはここで接客をし、まじめに働いているのに、今は強盗に強制され、肌をさらそうとしていた。

「ぐずぐずするな。店員の命がかかっているんだぞ」

男は相変わらずナイフを春菜の首に当てていた。切れ味がよさそうなので、ちょっとでもナイフを動かしたら、スパッと切れてしまうに違いない。

春菜を守るためには、ためらっている場合ではなかった。美樹子は覚悟を決め、後ろに手を回し、ブラのホックを外した。カップがずれると、九〇センチ以上あるバストが揺れながら姿を現した。

「店長さんはオッパイがでかいな。乳首も敏感そうだ。胸を手で隠すなよ」

「ああっ、そ、そんなにじろじろ見ないでください……」

美樹子のバストはFカップだった。ウエストが細いので、乳房のボリューム感が余計強調されている。

異常な恥ずかしさに襲われ、美樹子の乳房は小刻みに震えていた。欲情に満ちた男の視線が悩ましげなバストラインや乳首に突き刺さってくる。

「パンティも脱げ」

ショーツを脱ぎ去るのはブラジャーを外すよりも恥ずかしかった。後ろを向こうかと思ったが、男はそれを許さなかった。

「オマ×コの毛が薄いじゃないか。尻も色っぽくてそそられるぞ」

足を閉じて立っているので、秘裂そのものは見られずに済んだが、恥丘のアンダーヘアは隠すことができなかった。

美樹子の陰毛は恥丘に申し訳程度に生えているだけだった。淡い生え具合だが、少しウエーブがかかっている。秘裂のまわりはほとんど無毛だった。

美樹子は自分の仕事場で全裸になっているのだ。店内は明るく、バストも恥丘のヘアもヒップもさらけ出されてしまっている。

おまけに、その裸体を夫以外の男性に見られてしまっていた。嵐のような恥辱感が体の中で荒れ狂っている。

美樹子はこれ以上の恥ずかしさを味わわなくて済むように、渡された下着を素早く身につけた。

先にショーツをはいたが、ちょっと体を動かすだけで、柔らかなバストが揺れまくってしまった。

「くううっ、恥ずかしい……」

何とか下着を身につけたが、恥ずかしさは弱まるどころか、強くなるばかりだった。なぜなら、布地がかなり透けており、むしろ全裸の時よりも恥辱的に感じられたからだ。

美樹子はこんな下品なデザインの下着を自分の店で仕入れた覚えはなかった。しかし、ここに並べられていたということは、何かの手違いで入荷したのかもしれない。

それはまるでアダルトショップで販売しているようなランジェリーだった。この透け具合では、隠すより、逆に男性の欲情をかき立ててしまうに違いない。

ブラジャーをしていても、セクシーなバストラインが手に取るように分かった。乳首もしっかり透けており、その位置を特定することができた。

ショーツもアンダーヘアの透け具合が卑猥だった。そこに黒っぽいものが生えていることが何となく分かるのだ。男は美樹子のブラジャーとショーツを交互に眺めていた。

「オマ×コの毛の透け方が絶妙だな。だけど、それじゃあ、オマ×コそのものが見えないぞ。そこのソファに座って足を開け」

店の端の方に、接客用のソファが置かれていた。買い物の合間に、美樹子たちが客と談笑したりする場所だ。

セクシーな下着姿のまま、美樹子はそこに座らされた。だが、どうしても足を開くことができなかった。

「ううっ、できません……」

「しょうがない、じゃあ、おまえが店長の足を広げさせろ」

そう言いながら、男は春菜を美樹子の方に押しやった。春菜はよろめきつつ、ソファに倒れ込んできた。

これで、春菜がすぐにナイフで傷つけられる恐れはなくなったが、だからといって、男に反撃したり、ここから逃げ出したりするのは無理だった。

「命が惜しければやるんだ」

「す、すいません、店長……」

春菜が強盗の言いなりになっているからといって、そう簡単に責めることはできないだろう。彼女はずっとナイフを突きつけられていたのだ。

春菜は美樹子に大股開きのポーズを取らせた。美樹子も抵抗せずにそれに従った。足をソファの上に乗せ、M字開脚をさせられる。すると、とうとう人妻の下半身がさらけ出されてしまった。

「オマ×コのところには、毛が生えていないんだな。その代わり、ワレメがほとんど丸見えじゃないか」

ショーツをはいていても、全く意味はなかった。よじれ気味になったワレメが完全に透けてしまっている。成熟した人妻のスリットからは、花びらのような小陰唇がほどよくはみ出していた。

男の目は美樹子の秘裂に釘付けになっており、彼女は死にたくなるほどの恥ずかしさを覚えた。

それに加え、同性である春菜にも自分のはしたない部分を見られてしまっており、それがまた違った恥ずかしさを美樹子にもたらしていた。

「こんなふうにオマ×コを見せびらかすなんて、まるでストリップ嬢みたいだな。俺を誘っているのか」

男は自分でやらせておきながら、そんなふうに美樹子を卑猥な言葉で辱めた。

「違います。誘ってなんかいません……」

「まあ、いい。ところで、あんたは結婚しているんだろ。旦那とは毎晩セックスをしているのか」

「毎晩なんて、そんな……」

実際には、夫とはセックスレスに近い状態だった。月に一回、抱いてもらえればいい方なのだ。

「旦那にはめてもらわない夜は、オナニーとかもしているだろうな」

男にそう指摘され、美樹子はどきっとした。確かに、ずっとセックスをしてもらえないと欲求不満になり、自分の指で慰めてしまうこともあった。ただし、浮気をしたことはなかった。

「今ここで人妻のオナニーを見せてくれよ。いつか女がオナニーをするところを生で観賞したいと思っていたんだ。こんなチャンスはなかなかないからな」

男は自分が金目当てでこの店に押し入ったことを忘れてしまっているようだった。あるいは、最初からこういうことをするのが目的だったのかもしれない。

「そんなこと、絶対できるはずが……」

「そうなると、またそっちの女に手伝ってもらうしかなさそうだな。まずは、おまえも下着姿になれ」

春菜はためらっていたが、男がナイフを近づけると、黙って服を脱ぎ始めた。彼女は黒いセクシーな下着を身につけていた。

春菜はスタイルがよく、体つきもスレンダーだった。バストには美樹子ほどのボリューム感はないが、形が美しく、ヒップも小さくまとまっている。

「そうしたら、おまえが店長を気持ちよくするんだ」

「そ、そんな……」

男の言葉には、美樹子も春菜も驚かざるを得なかった。二人でレズプレイをしろと言っているのだ。男の要求はエスカレートするばかりだった。

3

美樹子は店のソファの上で、大股開きの恰好《かっこう》を強《し》いられていた。下着はつけているが、乳首も秘裂も透けてしまっている。

春菜も下着姿になり、美樹子の近くにひざまずいていた。強盗の男はナイフを握り締めたまま、興奮を隠そうともせず、二人の女性のなまめかしいボディを眺めている。

二人は男にレズプレイを命じられたが、美樹子には同性愛の趣味はなく、そんな経験もなかった。春菜もそれは同じだろう。

「文句を言わずにやらないと、おまえたちの顔を傷つけるぞ。そのきれいな顔に、傷が一生残るのは嫌だろ」

男はナイフを持っており、その言葉に逆らうことはできなかった。今は整形手術が発達しているが、下手をすると、一生傷のある醜《みにく》い顔で生きていかなければならなくなる。

「店長、今は言われたとおりにするしかありません」

春菜は覚悟を決めたようだった。

「だ、だけど、春菜さん……」

レズプレイをするのはまだしも、それを男性に見られてしまうなんて、美樹子はどうしても決心がつかなかったが、既に春菜は行動を起こしていた。美樹子に覆いかぶさってきて、バストに顔を近づけてきたのだ。

「そうだ、店長のオッパイを揉んでやれ」

春菜はほっそりした指で、ブラジャーの上から美樹子のバストを揉みほぐした。しかし、カップの部分が透けているので、春菜の指の動きに合わせ、柔らかな乳房が歪《ゆが》む様子がほとんど見えてしまっていた。

「乳首も刺激するんだ」

男の言葉に従い、春菜が敏感な乳首を指先でこね回し始めた。たちまちのうちに、乳首が尖《とが》り出してしまう。

「はうっ……」

　美樹子ははしたない声を押し殺すことができなかった。春菜は同性だけあって、女性の性感ポイントを熟知しているようだった。そこを巧《たく》みに責めてくるのだ。

　もしかすると、全然そんなふうには見えないが、春菜にはレズの経験があるのかもしれない。

　とにかく、美樹子としては、年下の女性に乳首を責められ、なまめかしい反応を示してしまい、それを男に見られているのかと思うと、恥ずかしすぎて体がおかしくなってしまいそうだった。

　だが、こんな状況であるにもかかわらず、美樹子の乳首は疼《うず》き始めており、その恥ずかしささえ異常な快感につながってしまっているのだ。

「おいおい、乳首がこりこりになっているぞ。何ていやらしい人妻なんだ」

　確かに、美樹子の乳首は飛び出し気味になり、ブラジャーを押し上げていた。春菜が乳首をつまんだり、指先で弾《はじ》いたり、乳頭をつついたりすると、乳房全体が波打ったり打ち震えたりしてしまった。

　春菜は乳首をいじめるだけでなく、五本の指を使って、もう片方のバストを揉み立てた。指が食い込み、ブラのカップの中で、Ｆカップのボリューム感のある乳房がグニュッとつぶれてしまっている。

「くふうっ……」

「その声からすると、じかに乳首を触られたくなったんじゃないのか。ブラジャーなんか取っちゃえよ」

「あううっ、ダ、ダメよ、春菜さん……」

しかし、今の春菜は強盗の操り人形のようになってしまっていた。ランジェリーショップの中には妖しい雰囲気が漂いつつあり、それに影響されているのかもしれない。

「イヤ……」

春菜がブラのカップをずらすと、Ｆカップのバストが悩ましげに揺れながら飛び出してきた。

全裸よりも透けた下着の方が恥ずかしいと思っていた美樹子だが、こうして実際に乳房があらわになると、襲いかかってくる恥辱感に激しく翻弄《ほんろう》されてしまった。

「店長は指でいじくり回されるだけじゃ、物足りなくなっているようだぞ。オッパイを舐《な》めたり吸ったりしてやれ」

男がそう命じると、春菜はまるで催眠術にかかっているかのように、美樹子の乳首に舌を伸ばしてきた。

「ひううっ、やめて、春菜さん……」

こりっとした乳首を舐めこすられ、唾液を塗りつけられて、美樹子はソファの上で身をよじらせてしまった。

ボリューム感のある乳房の表面を春菜の舌がなめらかに這《は》い回っている。バストのほのかなミルク臭に、春菜の唾液《だえき》の甘い匂いが混ざっていた。

「ああうっ、そこは、くううっ……」

春菜は乳首をしつこく舐め回し、そこに唇を押しつけてきた。それから、敏感な乳首になまめかしい吸引を加え始めた。

「あふううっ、痺《しび》れちゃう……」

「女が女のオッパイを舐めるなんて本当にいやらしいな。俺も仲間に加えてほしいよ」

激しく乳首を吸い立てられると、甘い痺れがバスト全体に広がり、美樹子の乳房は弾むように揺れてしまった。二つのバストがぶつかり合い、はしたない揺れがもう片方にも伝わっている。

「オッパイはそのくらいでいいだろう。次はオマ×コの方だ」

男がそんなふうに言うと、春菜は美樹子の真正面に移動し、その下半身に顔をうずめてきた。ショーツの上から秘裂に息を吹きかけられてしまう。

それから、春菜は美樹子のワレメにショーツの上からタッチし始めた。スリットを指でなぞり、軽くめり込ませてくる。

「はうふううっ……」

春菜の指がクリトリスをとらえると、美樹子の腰はビクッと反応してしまった。

「うはううっ！」

「そこがクリちゃんか。そのお豆をもっといじめてやれ」

春菜は美樹子のクリトリスをプッシュし、押しつぶし、ショーツの布地で摩擦《まさつ》した。そこを集中的に責められると、ソファから腰が浮き上がりそうになった。

「あくはああっ、春菜さん、許して……」

「もうオマ×コが濡れて、パンティに染みができているみたいだぞ」

男の言葉を否定することはできなかった。なぜなら、美樹子の秘裂が濡れてきているのは確かであり、股布部分にワレメの形の細長い染みができつつあったからだ。

秘裂が染みの部分に張りつき、透け具合が激しくなっていた。春菜は愛液のぬめりを利用して、秘裂をこすり回している。愛液の染みは大きくなるばかりだった。

「よじれたワレメがベチョッと張りついて、卑猥すぎるな。オッパイと同じように、オマ×コも直接舐めてやれよ」

「イヤーッ、めくらないで……」

美樹子の訴えもむなしく、春菜がショーツの股布部分をずらし、濡れたワレメをむき出しにした。

「エッチなお汁がトロッと糸を引いているじゃないか」

確かに、あらわになったワレメと股布部分の内側の間は、何本かの透明な愛液の糸で結ばれていた。

透けているとはいえ、今までは、一応、ショーツで守られていたが、もはやそれもなくなり、美樹子は夫以外の男性に秘貝をさらけ出しているのだ。

恥ずかしさで気が遠くなりそうだったが、実際には気を失うことはなく、体の中で恥辱感が際限なく膨《ふく》らんでいった。

濡れそぼった秘裂に春菜の顔が迫ってきて、その舌がワレメをなぞり始めた。美樹子は同性にクンニされてしまっているのだ。

「くはああっ、うふううっ……」

春菜の舌遣いは巧みだった。同性だけあって、刺激すべき場所を心得ている。美樹子はもう色っぽいうめき声を上げるしかなかった。春菜の舌がワレメにめり込んできて、溢れ出す愛液を舐め取られてしまった。

クリトリスをねぶられ、ワレメの内側を舐めこすられ、秘穴に舌をクチュクチュと出し入れされてしまう。濃厚なクンニに翻弄され、美樹子は腰を振り乱した。

「もう我慢ができないな。こいつをぶち込んでやるぜ」

いつの間にか男はズボンとトランクスを脱ぎ、勃起したペニスを取り出していた。それは夫のものより一回り大きく、亀頭が張り詰め、恐ろしくなるほどたくましく反《そ》り返っている。

「ひはああっ、それだけは……」

ナイフで脅されているとはいえ、ここでセックスをしてしまったら、夫を裏切ることになる。

だが、今の美樹子にはどうすることもできなかった。抵抗しようと思っても、春菜のクンニと込み上げてくる恥ずかしさのせいでめろめろになり、体に力が入らないのだ。

男はすぐに太ももの間に腰を割り込ませて、膨れ上がった亀頭を美樹子のワレメにあてがった。

「あふううんっ！」

次の瞬間、下半身に甘美な衝撃が走り、いきり立ったものがズブッと突入してきた。はみ出した小陰唇がめくれ、秘穴が押し広げられて、美樹子は思わずヴァギナを締め上げてしまった。

「具合のいいオマ×コだな。包み込むような締めつけが最高だぜ」

夫の顔が頭に浮かび、貞操を奪われてしまった後ろめたさが美樹子の体の中を駆け巡っていた。

しかし、美樹子がどう感じようと、彼女の体は男の硬直したものをスムーズに受け入れてしまっていたのだ。

久しぶりのセックスだったからかもしれない。この異常な状況が肉体的にも精神的にも淫靡《いんび》な影響を及ぼしているのかもしれない。あるいは、強盗に犯されることにより、これまで隠されていたはしたない素顔が引き出されてしまったのかもしれなかった。

「あふうんっ、あふうんっ！」

男が荒々しいピストン運動を開始した。硬直したもので秘穴を激しく掘り返されると、膣の内壁がこすりまくられて、美樹子は内部の肉ヒダを蠢《うごめ》かせながら悶《もだ》えてしまった。

男の腰の動きに合わせ、Ｆカップのバストがダイナミックに揺れ動いている。男は子宮に届きそうなほどペニスを深々と連続してたたき込んだ。

「ぼけっとしているな。おまえは店長のオッパイを舐めるんだ」

男にそう命令され、犯される美樹子の姿に目を釘付けにしていた春菜は揺れるバストに吸いついてきた。

ボリューム感のある乳房が顔にぶつかるのも構わず、春菜は美樹子のバストが引っ張られて伸びてしまうほど乳首に強く吸いついている。

これはまさに3Pだった。三人でセックスをするなんて、美樹子にとっては生まれて初めての体験だった。

「後ろに回って、俺たちがつながっているところにも舌を這わせてくれ」

春菜はその言葉に従い、体を移動させた。年下の彼女に結合部を見られているのかと思うと、恥辱感が限界を超えそうになった。

それに追い打ちをかけるように、春菜が結合部に舌を張りつかせてきた。美樹子は男のペニスを受け入れながら、同時にクンニもされているのだ。

「はひいいっ、春菜さん、あうふうっ、くふあああっ……」

春菜にめくれた小陰唇を舐めこすられると、あまりの気持ちよさに、美樹子はヴァギナで男のものをくわえ込んだまま、秘肉を打ち震わせてしまった。

春菜は結合部から滴《したた》り出す愛液を飲み、サオの根元の部分にも舌を巻きつかせているようだった。

「よし、今度はバックで犯してやる。体をひっくり返せ」

美樹子は言われたとおりにしたが、その時、テーブルに置かれたナイフが目に飛び込んできた。

男は美樹子と合体した時、持っていてはセックスがやりづらいので、ナイフをそこに置いたのだ。相手は明らかに油断しており、これは逃げ出すチャンスだった。

春菜と一緒に逃げるのは難しいが、とにかく美樹子が脱出できれば、後で助けにくることも可能だ。見捨てるわけではない。

体位を変えるため、男がペニスを引き抜くと、少しは下半身にも力を入れることができるようになった。

ナイフを奪い取り、反撃することも考えたが、失敗する可能性が高く、今は逃げる方が先決だった。

男が体を起こした直後に、美樹子は行動を開始した。ソファから離れ、裏口に向かって走っていく。即座に男の手が伸びてきたが、何とか捕まらずに済んだ。

「待て！」

美樹子は脱ぎ捨ててあった上着を何とかつかみ、裏口から外に飛び出した。残念ながら、通りには誰も歩いていなかった。

男は下半身丸出しのまま外には出られないので、ズボンとトランクスをはかなければならない。その間に、できるだけ遠くまで逃げるのだ。

美樹子は走りながら上着を羽織った。身につけているのは、その上着とショーツだけだが、夜の暗さに紛れているし、恥ずかしさは我慢するしかなかった。

4

この通りには店舗が建ち並んでおり、夜には人がいないので、そこに逃げ込んでも無駄だった。

「あっちにいたぞ！」

駅の方に歩いていけば、交番があるが、背後からそんな声が聞こえてきたので、美樹子はとっさに反対方向に向かってしまった。

男は早くもズボンをはき終え、追跡を始めたらしい。こんなところでうろうろしていたら、追いつかれてしまう。

美樹子がたどり着いたのは公園だった。この街には駅からそれほど離れていないところに大きな公園があった。池や木立があり、緑の芝生が広がっている。

とりあえず、そこに逃げ込むしかなかった。ここを横切らなければ、人がいる場所に行くことはできない。

　昼間はかなりにぎわっているが、夜の公園には人の姿は見当たらず、静まり返っていた。所々にある植え込みが黒々とした感じで、何だか怖かった。

　途中、ベンチがあり、休みたいと思ったが、今はそんなところに座っている場合ではなかった。今度、男に捕まったら、ただでは済まないだろう。

　その時、近くの植え込みががさがさと音を立てた。野良犬でもいるのだろうか。すると、突然、そこから男が飛び出してきた。

「きゃああっ！」

「こんなところにいたのか。俺から逃げるとはいい度胸だな。こっちに来い」

　男はベンチに美樹子の手をつかませ、後ろに尻を突き出すようなポーズを取らせた。男の足は速く、もう捕まってしまったのだ。

　上着もショーツもはぎ取られ、美樹子は全裸にさせられてしまった。彼女は夜の公園で何も服を身につけておらず、裸体をさらしているのだ。

　ふと気づくと、男の横にもう一人の人物が立っていた。

「こんなところで素っ裸になるなんて、店長ったら、本当は露出狂なのかしら」

　それは春菜だった。彼女もちゃんと服を着ており、全裸の美樹子に軽蔑《けいべつ》のまなざしを向けている。

「春菜さん、これはどういうこと……？」

「私が彼に頼んで、店に押し入らせたの。彼は私の恋人よ」

つまり、すべては春菜が仕組んだことだったのだ。彼女は何も知らないふりをして、演技をしていたということになる。その事実を知り、美樹子は大きな驚きに包まれた。

「どうしてこんなことを……？」

「あなたのことが憎いからよ。私の方が経営の才能があるのに、少し年上だからって、店長になって偉そうに振る舞い、私にあれこれ命令するなんて許せないわ」

春菜がそんな反感を抱いていたなんて知らなかった。彼女はそれをうまく隠していたのだ。そして、こういう形で美樹子に日ごろの恨みをぶつけたらしい。

今考えれば、春菜のレズプレイはあまりに積極的すぎた。美樹子が着せられたシースルーの下着も店の売り物ではなく、前もって春菜が用意したものだろう。

春菜はこの男の共犯者だったのだ。いや、実際には彼女が黒幕であり、男を操っていたということになる。

「店長をたっぷり辱めてあげなさいよ。殺しちゃってもいいわ。そうすれば、代わりに私が店長になれるから」

春菜は勝ち誇ったようにそう言った。

「いいや、この女は俺のものにさせてもらうぜ。オマ×コの具合が最高だからな。おまえのオマ×コよりワンランクもツーランクも上だ。おまえなんかどうでもいいから、俺はこの女に鞍替《くらが》えするぞ」

今度、驚くのは春菜の方だった。彼女にとって、恋人の言葉はそれだけ意外なものだったらしい。

「ちょ、ちょっと待ってよ。私を捨てて、店長に乗り換えるっていうの……？」

「捨てられるのが嫌なら、おまえもベンチに手をついて、尻を出せ。そうすれば、仲良く可愛がってやるぜ」

これは予想外の展開だった。春菜は恋人に裏切られたことになる。彼女はこの先、どうしようか迷っている様子だった。

春菜は男を操り、美樹子を辱めることに成功した。しかし、男は彼女の言いなりにはならず、逆に主導権を握ってしまった。

男は美樹子の名器に参ってしまったのだから、あえて逆説的な言い方をすれば、最終的にこのゲームに勝ったのは美樹子なのかもしれない。

美樹子にはよく分からなかった。とにかく、この出来事によって、彼女はたくましいぺニスを手に入れることができ、淫らな自分に目覚めてしまったのは間違いなかった。

「お願い、私を捨てないで……」

春菜はそう言いながら、ショーツを脱ぎ捨て、スカートをめくり上げて、男の方にヒップを向けた。彼女も男のペニスの虜《とりこ》になっているのかもしれない。

「いやらしいオマ×コが二つ並んでいるな。どっちもいただいてやる」

「くふあああんっ！」

男はバックから美樹子を犯した。いきり立ったものが彼女の体を貫通する。男がペニスをリズミカルに出し入れさせると、彼女はその腰をヒップで色っぽく弾き返した。

「ああっ、店長……」

すぐ横にいる春菜が美樹子の唇を奪い、二人は舌をねっとりと絡め合わせた。女同士でディープキスをし、甘ったるい唾液を交換しているのだ。

男は思う存分、美樹子のヴァギナを味わってから、続いて春菜と合体した。彼女が悶える姿をすぐそばで見ていると、ちょっとうらやましくなってしまう。

「あんっ、あんっ、あんっ！」

男は再び美樹子の方に戻ってきた。ピストン運動のパワーもアップし、彼女の体はばらばらになりそうだった。もちろん、春菜とのレズっぽいキスも続いている。

「あくふあああんっ、もうダメーッ、イッちゃう！」

夜の公園に淫靡な喘《あえ》ぎ声が響き渡り、美樹子は秘穴をヒクヒクと痙攣させながら昇り詰めてしまったのだった。

牛すき鍋定食

牧村 僚

著者・牧村《まきむら》　僚《りょう》

一九五六年、東京生まれ。筑波大学を卒業後、芸能プロダクション勤務などを経て、九一年より官能小説を執筆。年上の女性にあこがれる少年の心理を描いた作品を得意とし、肉体的なこだわりから「ふともも作家」の異名をとる。著書に『フーゾク探偵《デカ》』（祥伝社文庫）など多数。

1

吹きすさぶ風に、私は身を縮めた。コートを着てこなかったことを、少しだけ後悔した。

時刻は十二時を少しまわったところで、昼食に出てきたサラリーマンたちで、街はあふれていた。みんな寒そうに、肩をすくめて歩いている。

まだ十一月だってのに、このままじゃ凍《こご》えちまう。とにかくどこかに入るか。

私は周囲を見まわした。池袋《いけぶくろ》東口のサンシャインビルの近く、むしろ東池袋《ひがしいけぶくろ》に近い場所だった。土地鑑《とちかん》のあるところではない。

ふと目にとまったのは、牛丼屋の見慣れた看板だった。もう十年以上も入っていない気がするが、昔はずいぶんとお世話になったものだった。懐かしさがこみあげてくる。

軽く手を触れるとドアが開いた。

いらっしゃいませ、という元気な声が飛んでくる。

昼食時とあって店内はほぼ満員だった。こういう店に連れ立ってくる人間は少ないのか、会話も交わさぬまま、ほとんどが不機嫌そうに箸《はし》を動かしていた。新しく客が入ってきたことなど、みんな気にもならないらしい。

ぐるっと店内を見まわしてみたが、空席はなさそうだった。一つため息をついて、私が出ていこうとすると、思いがけない方向から声がした。

「ここ、いいですよ。どうぞ」

入ってすぐ右側のところにある二人用の席で、女性が笑みを浮かべていた。カウンターがほとんどだが、こんな形のテーブルもいくつか用意されている。

少し迷ったが、外の寒さを思い出し、私は女性の言葉に甘えることにした。

「すみませんね。じゃあ失礼して」

彼女と向かい合って座ると、すぐに店員がやってきた。注文を聞いてくる。

「えーっと、それはなんですか」

女性が食べているものが気になって、私は尋ねてみた。

「ああ、これ？　牛すき鍋定食です。けっこういけますよ」

初対面だというのに、彼女はにっこりほほえんでくれた。白い歯がまぶしい。

「じゃあ、俺もそれを」

かしこまりましたと言って、店員は去っていった。

私は、あらためて目の前の女性に目をやった。年齢は二十五、六といったところだろうか、美しい顔立ちをしていた。化粧気はないが、肌がつやつやと輝いている。

いいな、生き生きしていて。俺にもこんなころがあったはずなのに。

少し自嘲《じちょう》気味に、私は笑った。

その笑いに、目の前の彼女が反応した。

「おかしいですか、あたしの顔」

「えっ？　いや、とんでもない」

「でも、いまお笑いになったわ」

「ははは、いいなあって思ったんですよ、お若くて」

「何を言ってるんですか。あたし、いくつに見えます？」

「まあ、二十四、五ってところですか」

「ふふっ、ありがとうございます。お世辞《せじ》でもうれしいです、若く見ていただいて。ほんとはもう二十八なんですよ」

二十五でも八でも、私にはそれほどの違いはなかった。私は四十八歳。彼女より二十も年上なのだ。

「不思議だと思ってるんでしょうね。あたしみたいな女が、一人でこういう店にいるなんて」

「いや、べつにそんなことは」

否定してはみたものの、言われてみると確かに、牛丼屋には不釣り合いな感じのする女性だった。派手というわけではないが、ワインレッド系のスーツ姿で、白いブラウスがのぞいている。

「たまに来るんですよ。いやなことがあったりすると」

「いやなこと?」

私が問い返すと、彼女はしまったというように、ぺろっと舌を出した。

「すみません、余計なことを喋《しゃべ》って。牛丼屋さん、よくいらっしゃるんですか」

普通なら会話を打ち切るところだろうが、彼女は話題を替えた。まだ話してくれるつもりがあるらしい。

「うーん、学生時代はお馴染《なじ》みだったんだけどね、入ったのはほんとに久しぶりなんだ。サラリーマンになってからも、ときどき食べてた気はするけど、もう十二、三年にはなるかな、最後に来てから」

ごく自然に、私は丁寧《ていねい》語をやめていた。そうさせる何かが、彼女にあったのだろう。

彼女はほほえみ、なんと私のためにセルフサービスのお茶を注いでくれた。

このところ、まわりでいろいろあったせいか、私はなんだか身にしみた。涙が出そうになる。

「ありがとう。いただくよ」

お茶をひと口すすったところで、早くも牛すき鍋定食が届いた。箸を割り、溶《と》いた卵に肉片をひたした。それを口に持っていく。

「おお、うまい」

「わあ、よかった、気に入ってもらえて」

にっこり笑った彼女の顔を見た拍子に、ブラウスのボタンが二つはずれていることに気づいた。

私はどきっとした。大きくはないが、お椀《わん》形のきれいな乳房が、かすかにのぞいていたからだ。

驚いたな、俺がこんな気持ちになるなんて。

このところ、女性の肉体にときめきを感じることなど、ほとんどなかった。妻とは二年近くセックスをしていないし、ほかの女性に興味を覚えることもなかったのだ。

あわてて目をそらし、私は箸を使いはじめたが、目の前の彼女がまたくすっと笑った。どうやら私の視線に気づいたらしい。

「いいんですよ、見てくれても。そのつもりで、前を開けてるんだし」

「お、俺は、その」

私は顔面がカッと熱くなるのを感じた。頭に血がのぼったらしい。何か言わなければならないのだろうが、言葉が口から出てこない。

「このあと、ご予定は？」

「予定？　いや、べつに」

「二人でお茶でも飲みません？　もちろん割り勘《かん》で」

初対面の、しかも自分より二十も年下の女性からお茶に誘われることなど、私は想像もしていなかった。だが、断る気にはなれなかった。もうしばらく、彼女と一緒にいたいという気分になっている。

「どこか知ってるの？　いい喫茶店《きっさ》」

「出たところにあるわ。百六十円で飲めるところが」

彼女の言葉からも、丁寧語が消えた。

俺みたいな中年男と、なんでお茶なんか飲んでくれる気になったんだ？

疑問は残ったが、なんとなくわくわくしてくるのを、私はどうすることもできなかった。

「ほんとにうまいな、これ。昔は定食なんてなかったけどなあ」

「あたしも実は初めてなの。いつもは豚キムチ丼とかだから」

「そんなのもなかったぞ、俺が学生のころは。牛丼と牛皿を選ぶ程度だったな」

「牛皿って？」

「ああ、いまはそれがないのか。ご飯なしで、牛肉を皿に盛ってくれるんだ。金のないときは、それをつまみにビールを飲んだもんさ」

「へえ、そうなんだ」

気軽に会話を交わしながらも、そそくさと箸を動かして、私は間もなく食事を終えた。ほぼ同時に食べ終わった彼女とともに席を立ち、それぞれが四百八十円ずつを払って表に出る。

「うわっ、寒い。まるで冬みたい」

いきなり彼女が私の腕にしがみついてきた。

二の腕のあたりに、乳房の柔らかさを感じ、私はどぎまぎした。もちろん、悪い気はしない。

腕を組んだまま歩き、私たちは三軒先のコーヒーショップに入った。ここでもそれぞれが百六十円を払ってコーヒーを買い、奥の席に向かい合って座る。

お互いがひと口すすったところで、彼女は深いため息をついた。

「ああ、おいしい。やっぱり一人より二人よね。ゆうべから五、六杯はコーヒーを飲んでるけど、いままではぜんぜん味がわからなかったもの」

「俺もだよ、お嬢さん。安いのに、こんなにコーヒーがおいしいなんて」

なぜか彼女はくすくす笑いだした。

「俺、何か変なことを言ったかな」

「だって、お嬢さんなんて言うんだもの。初めてよ、そんなふうに言われたの」

「おかしいかな。俺は普通に話してるつもりだったんだけど」

とまどう私の前で、彼女はバッグを探り、名刺を差し出してきた。

大手の保険会社の名刺で、名前は望月優実《もちづきのぞみ》となっている。

「よかったら、あなたの名刺もいただける？」

「えっ？　ああ、そ、そうだね」

私は内ポケットから手帳を取り出し、間に挟まっていた名刺を出した。D工業東京本社、営業第二課長の肩書がついている。

「菅沼真一《すがぬましんいち》っていいます」

「へえ、D工業にお勤めなんだ」

「いや、それがね」

口ごもった私を、優実は不思議そうに見つめてきた。私は心を決めた。ここまで来たら、正直に話すしかない。

「実はね、もう勤めてないんだ」

「辞めたってこと？」

「う、うん。一週間前にリストラされちゃってね。失業中ってわけさ」

「ふうん、そうなんだ」

「まだ女房にも話してなくてね。いつもどおりに家を出て、適当に時間をつぶして家に帰る。この一週間、そんなことを繰《く》り返してるんだ。月末には退職金が振り込まれるから、それまでには話さなくちゃならないんだがね。みっともない話さ」

自嘲気味に言う私に、優実はぶるぶると首を横に振ってみせた。

「ぜんぜんみっともなくなんかないわ。よくわかるわよ、菅沼さんの気持ち。なかなか奥さんには言えないわよね、会社をクビになりましたなんて」

「何度も話そうとは思ったんだが、最後の勇気が湧いてこなくて」

「夜は眠れてるの？」

「いや、あんまり。わかるかい？」

「ええ、目の下に隈《くま》ができてるから」

実際に辞めたのは一週間前だが、解雇を言い渡されたのは二カ月前だった。この二カ月の間、私はほとんど寝ていない。寝床に入っても、うとうとする程度で、すぐに目が覚めてしまうのだ。

「あたしも同じよ。たった三日だけど、一睡もしてないわ」

「一睡も？」

うなずきながら、優実はすっと脚を組んだ。このときになって、彼女がかなり短いスカートをはいていることに、私は気づいた。スカートの裾と茶系のブーツの間に、素足の白いふとももが、大胆に露出している。

優実のふとももを目にしたとたん、私はぎくりとした。なんと股間が熱くうずいてきたのだ。イチモツが、むくむくと鎌首をもたげてくる。

信じられないな、俺がこんなに興奮するなんて。

どきどきしながらも、私は優実のふとももから目をそらした。いまは彼女の話を聞くのが礼儀というものだろう。

「あたしね、失恋したの」

「失恋か」

「それも普通の恋じゃなくて、不倫だったのよ。べつに相手の男と結婚まで望んでたわけじゃないけど、これで終わりにしようって言われたら、急に悲しくなっちゃって」

優実は唇を噛みしめた。みるみるうちに目が潤《うる》んでくる。

こんなときどうすればいいのか、私には見当もつかなかった。四十八年の人生で、初めて遭遇した場面なのだ。

ぎこちない手つきで、ポケットからハンカチを取り出して渡してみた。

ありがとう、と小声で言い、優実は受け取ってくれた。涙を拭い、あらためて私を見つめてくる。

「軽蔑《けいべつ》する？　上司と不倫してた女なんて」

「いや、軽蔑なんかしないよ。ちょっと悔《くや》しいだけで」

「悔しい？」

「そうやって泣くくらいだから、きみは本気だったわけだろう？　でも、いま聞いた限りでは、相手は本気じゃなかった。それが悔しいんだよ、俺は」

会ったこともない優実の不倫相手に、私は憎しみのようなものを感じていた。

私の険《けわ》しい表情を見て、優実はくすっと笑った。相変わらず涙はあふれ続けているものの、確かに笑ったのだ。

「ありがとう、菅沼さん。ああ、なんだか気持ちが軽くなったわ。きっとだれかに話したくて仕方がなかったのね、あたし。よかったわ、あなたに会えて」

「そんなふうに思ってくれると、俺もうれしいよ」

「別れたのが三日前。ちゃんと仕事には出てたんだけど、きのうの晩はとうとう限界に来て、何もかも忘れようって決めたの。今度こそ軽蔑されちゃいそうだけど、だれでもいいから抱いてほしいって、そんなふうに考えて家を出たのよ。きょうは会社をサボるつもりで」

少ししんみりした口調で言って、優実はコーヒーをすすった。

カップをテーブルに戻したとき、私は初めて優実の指先を見た。マニキュアなどはされていなかったが、爪《つめ》が実にきれいだった。繊細《せんさい》そうな白い指を、ついうっとりと眺めてしまう。

「でも、できなかった。声はかけられたわ、次から次へと。だけど、抱かれようって気にはなれなかったの。ばかよね、あたし」

「そんなことはない。よかったじゃないか、くだらないことをしなくて」

「ほんとにそう思う?」

「ああ、思うよ。だいたい、似合わないよ。きみみたいなすてきな女性が、だれでもいいから抱かれようだなんて」

「ああん、あたしのことなんか、何も知らないくせに」

「わかるさ、これだけ話せば」

相変わらずペニスは勃起していたし、偉そうなことを言える立場ではなかったが、私が彼女に好意を持ったことだけは確かだった。やけになった彼女が、おかしな男に抱かれなくてよかったと、私は本気で思っている。

優実はまたにっこり笑い、ゆっくりとした動作で脚を組み替えた。

自分の意思に関係なく、私は彼女の下半身に目を吸い寄せられた。スカートの裾《すそ》がさらに乱れて、ふとももがいちだんと見やすくなっている。

量感たっぷりのふとももは、雪のように白かった。きめの細かさが、こうして眺めているだけでもよくわかる。

「あなた、いい人ね」

「わからないだろう、俺の人間性なんて」

「ううん、よくわかったわ。これだけ話せばね」

目と目を合わせて、私たちは笑い合った。

よかった。彼女、心から笑ってくれている。

私はうれしかった。リストラに遭って以来、こんなリラックスした気持ちになれたのは初めてかもしれない。

「あっ、冷めちゃうわよ、コーヒー」

「えっ? ああ、ほんとだ」

カップを取りあげ、私は残りを飲み干《ほ》した。先ほど感じた以上にコーヒーがおいしく思えるのは、優実のおかげに違いない。

「菅沼さん、このあとはどうするの?」

カップをソーサーに戻し、優実が問いかけてきた。

「どうって、べつに何も考えてないよ。いま話したとおりの境遇《きょうぐう》だからね。夕方までぶらぶらして、家に帰るだけだ。望月さんは?」

「望月さんか。その呼び方、あんまり好きになれないなあ。せめて名前で呼んでくれないかしら。優実って」

「お、俺はかまわないけど、いいのかな、優実さんなんて呼んで」

「ふふっ、さん付けは気に入らないけど、まあ仕方がないわね。ねえ、よかったらどこかで寝ていかない?」

優実の言葉づかいがあまりにもさりげなかったため、私は一瞬、意味がわからなかった。徐々に理解できてくると、今度はあたふたした。

「な、何を言ってるんだ、きみは」

「ああん、いやねえ、何か変なことを考えたんでしょう。あなたはずっと眠れなかったっていうし、あたしは三日間寝ていない。だからどこかで寝ていきましょうって言ったのよ。その手のホテルって安いけど、一人では入りにくいじゃない？」

「あっ、なるほど、そういうことか」

一応、納得はしたものの、私はまだどぎまぎしていた。出会ってから、まだ一時間もたっていないのだ。いくら目的が眠ることだといっても、二人でホテルに入ることには抵抗がある。

だが、優実は積極的だった。もう決めたような口ぶりで言う。

「ホテルも割り勘ね。いいでしょう？」

「あ、ああ、もちろん」

圧倒されるような形で、私も承諾《しょうだく》してしまった。間もなく私たちは席を立った。

2

道に出ると、あらためて優実が腕をからめてきた。また二の腕に乳房のふくらみが感じられて、私は興奮した。肉棒は硬《かた》さを保っている。

すれ違う男たちが、なんだか自分をうらやましそうに見ている感じがして、私は照れくさかった。同時に、誇らしくもある。

優実に導かれる形で裏道に入ると、すぐにいくつかのラブホテルの看板が目に入ってきた。そのうちの一つに、優実は迷わず私を誘う。

優実がパネルで部屋を選び、フロントから差し出されたキーを私が受け取った。言われた料金を払おうとしていると、横から優実がすっとお金を出した。ほぼ半分にあたる金額だ。私は素直に受け取り、支払いを済ませた。

エレベーターに乗っても、優実は私に腕をからめたままだった。肩のあたりに、頬を押しつけてくる。

七階にあがって鍵を開け、先に部屋に入った私は、入口でブーツを脱いでいる優実の姿を、うっとりと眺めた。美しい脚だった。むっちりした白いふとももに、思わずむしゃぶりついていきたくなる。

ワインレッドのミニスカートと濃紺のソックスをはいた優実が、間もなく入ってきた。派手《はで》さのない、シンプルな造りの部屋だった。ダブルベッドが置かれている以外、ラブホテルという感じはしない。

ベッドのそばまで来ると、いきなり優実が抱きついてきた。私の首筋に、顔をうずめてくる。

「ま、待ってくれ、優実さん。まずいよ、こんなこと」

私は突き放そうとしたのだが、優実は離れなかった。両手を私の首にまわし、思いきり抱きしめてくる。

「お願い、菅沼さん。ほんのちょっとでいいの。しばらく、このままでいさせて」

私はハッとした。優実が泣いていることに気づいたのだ。あふれた涙が、私の首筋を伝って流れ落ちる。

相当につらい思いをしたんだな。俺なんかで役に立つのなら、いくらでも慰めてやりたい。

そんな気持ちで、私は両手を優実の背中にまわした。力をこめて抱き寄せる。

いとおしかった。不倫とはいえ、恋人にふられてしまった優実が、不憫《ふびん》に思えてならなかった。

だが次の瞬間、私はぎくりとした。優実に対して、激しい欲望を感じたのだ。肉棒は、これまで以上に硬くそそり立っている。

駄目だ、駄目だ。ここへは眠るために来たんだ。彼女を抱くなんてこと、できるわけがない。

優実の背中を抱きしめたまま、私はわずかに腰を引いた。イチモツがいきり立っていることを、優実に悟られまいとしたのだ。

しかし、私が引いた分だけ、優実が腰を進めてきた。二人の下腹部は、ほとんど密着した状態になっている。

もう一度、私が腰を引こうとすると、優実がすっと顔をあげた。相変わらず涙に濡れてはいるが、確かにほほえみを浮かべている。

「いいのよ、菅沼さん」

「えっ？　いや、でも」

「いいんだってば」

それだけ言うと、私の腕からすり抜けるようにして、優実は床にしゃがみ込んだ。一瞬の躊躇《ちゅうちょ》もなく、私のベルトに手をかける。

「だ、駄目だよ、優実さん。俺、そんなつもりじゃ」

私は優実の手を払いのけようとしたのだが、逆に自分の手を振り払われた。

「お願い、菅沼さん。あたしのしたいようにさせて」

「きみのしたいように？」

こっくりとうなずく優実を見ていると、私もこれ以上、抵抗する気にはなれなかった。

優実は慣れた手つきでベルトをゆるめ、私のズボンを一気に足首までずりおろした。続いてトランクスも、ズボンに重なるところまで引きさげてしまう。

「まあ、すごい。菅沼さんったら、もうこんなに」

私自身、信じられない光景だった。肉棒は完璧なまでに硬化し、ほとんど下腹部に貼りついていたのだ。ぱんぱんに張りつめた亀頭は先走りの粘液に濡れ、ぬらぬらと妖《あや》しく輝いている。

何年ぶりだ？　こんなに硬くなったのは。

感心しているうちに、優実が右手をのばしてきた。ほっそりした五本の指で肉棒をやんわりと握り、先端を自分のほうへ向け直す。

肉厚の朱唇の間から、優実の舌がのぞいた。その舌先が、亀頭の裏側の筋状になった部分にあてがわれる。

「ううっ、ああ、優実さん」

私の体が、ぴくぴくっと小刻みに震えた。こんな性的刺激を味わうのも、何年かぶりの気がした。快感の大波が、背筋から脳天に向かって突き抜けていく。

肉棒の裏側を舐《な》めおろした優実は、陰嚢にまで舌を這わせてきた。内部の睾丸をころがすように、妖しく舌先をうごめかす。

すさまじいまでの快感に私が耐えていると、優実の舌が肉棒を這いのぼってきた。やがて朱唇を開き、亀頭をすっぽりと口に含んだ。すぐに首を前後に振りはじめる。

「うわっ、優実さん。き、気持ちいい」

あまりの心地よさに、私は早くも射精感を覚えた。こんなことを続けられたら、ペニスが暴発しかねない。

「駄目だよ、優実さん。俺、で、出てしまいそうだ」

あわてふためく私の反応を楽しむように、優実はなおもしばらく口を放さなかった。やがて首の動きを止めて肉棒を解放すると、上目づかいで見あげてくる。

「感じてくれたみたいね」

「ああ、感じたなんてもんじゃない。こんなの久しぶりだよ。ほんとに出てしまうかと思った」

「いいのよ、お口に出しちゃっても」

「えっ？　いや、しかし」

口内発射など、もしすれば二十年ぶりということになる。結婚直後に数回、妻の口に出して以来、一度もしていないのだ。夫婦揃って淡白《たんぱく》だったということか、お互いに口唇愛撫を求めることもあまりなかった。

出してみたいな、優実さんの口に。

そうは思ったが、私はそれを素直に言葉にできなかった。

くすっと笑って、優実が立ちあがった。

「ねえ、菅沼さん。お願いしていい？」

「お願い？」

「してほしいのよ、あなたのお口で。駄目かなあ」

いつの間にか、優実は頰を真っ赤に染めていた。経験豊富なように見えて、行動にはどこかあどけなさを残している。

私の中で、また優実に対するいとおしさがつのった。

「やらせてくれるのかい、俺に」

「あなたがいやでなければ」

「いやなわけないじゃないか。させてほしい。やりたいんだ、俺」

言いながら、私は足踏みをするようにして、足首にからみついていたズボンとトランクスを取り去った。靴下も脱いだあと、上半身に着ていたものも脱ぎ捨てる。

優実はゆっくりとした動作で上着を取り、ブラウスも脱いだ。スカートを床に落として、パンティーとブラジャー、それにソックスだけの姿になる。

パンティーとブラジャーは淡いピンク色だった。レースなどの施《ほどこ》されていない、シンプルな下着だ。それがまたよく似合っている。

こうして眺めてみると、ウエストが見事にくびれていた。ヒップのボリュームが余計に強調されて見える。

背中に手をまわして、優実はブラジャーをはずした。お椀形の乳房の双丘が、ぷるぷると揺れながら姿を現す。

「ああ、優実さん」

すっかり裸になった私は、崩れるように床にひざまずいた。優実の脚に抱きつき、向こうにまわした両手で、ふとももの裏側を乱暴に撫でまわしてみる。

肌はすべすべで、豊かな弾力をたたえていた。さわっているだけで、うっとりしてくる。

「焦《じ》らさないで、菅沼さん。あたし、もうぐしょ濡れみたい」

優実の声に、私はハッとなった。パンティーに目をやってみると、股布の部分に楕円形のシミができていた。中は大洪水になっているのかもしれない。

ごくりと唾《つば》を飲み込んでから、私は両手をウエストまですべりあげた。縁に指を引っかけ、パンティーを引きおろしにかかる。

股布が股間を離れる際、蜜液が長く糸を引くのが見えた。実に興奮する光景だ。

私が足首から薄布を抜き取ってしまうと、ソックスだけをはいた格好で、優実はベッドに横たわった。大きく脚を広げ、右手を秘部にあてがって、私に誘うようなまなざしを向けてくる。

「来て、菅沼さん」

一度、深呼吸をしてから、私はベッドにあがった。優実が広げた脚の間で、腹這いの姿勢をとる。

優実が膝を立てたため、ごく自然に、私は下から両手で優実のふとももを支える格好になった。むっちりしたふとももに手を触れられたことに、あらためて感激しながら、秘部に向かって顔を近づけていく。

ヘアは濃いめだった。あふれ出た蜜液のせいで、ヘアの下部は肌に貼りついている。漆黒《しっこく》のヘアに守られるように、薄褐色の秘唇が息づいていた。外側に向かって開いた肉びらが、ひくひくと妖しく動いている。

五センチほどまで接近すると、噴きあげてくる熱気とともに、淫靡《いんび》な牝臭を感じた。くらくらしながら、私は舌を突き出した。お尻に近いほうから上部に向かって、淫裂を縦になぞってみる。

「ううん、ううっ、ああ」

優実の悩ましいあえぎ声に、私は性感を揺さぶられた。差し迫ったものではないが、射精感にも襲われる。

何度か縦に舌を使ってから、私は淫裂の上部で動きを止めた。秘唇の合わせ目のあたりを、つんつんとつつくように愛撫してみる。

「ああっ、駄目。駄目よ、菅沼さん。でも、いい。すごく、いい」

言葉は支離滅裂《しりめつれつ》になったが、優実が感じてくれていることは明らかだった。

私の舌に当たってくるクリトリスは充血し、かなり肥大していた。すでに小豆粒くらいの大きさになっている。

今度は舌先で、私は小さな円を描いてみた。肉芽を外側から刺激する形になる。

「す、すごいわ、菅沼さん。ああっ、だ、駄目だって言ってるのに」

ベッドにお尻をバウンドさせるようにして、優実は快感をあらわにした。

それでも私は、肉の蕾《つぼみ》から舌を放さなかった。舌の動きを止めないまま、私はふとももにあてがっていた左手を放した。それを顎《あご》の下まで持ってくる。

その状態で中指をのばし、淫裂にぐいっと突き入れた。指の腹を上にして探ってみると、天井部分に細かい肉襞が確認できた。こそげるように指をうごめかすと、優実のよがり声が悲鳴に近いものになる。

「も、もう駄目よ、菅沼さん。あたし、あたし、ああっ」

ブリッジを作るようにお尻を大きく持ちあげたところで、優実は全身をがくがくと震わせた。浮きあがっていた双臀が、ゆっくりとベッドに落下してくる。

苦悶《くもん》の表情を浮かべたまま、優実は私の顔を秘部から振り払った。どうやらオーガズムに達することができたらしい。

私は淫裂から指を引き抜き、いったん上体を起こした。シーツに顔をこすりつけて口のまわりについた淫水を拭い、優実の隣に添い寝する。

3

優実の表情が、徐々《じょじょ》に和《やわ》らいできた。荒かった呼吸もおさまってくる。

ハッとしたように、優実が目を開けた。頬を赤らめたまま、私をじっと見つめる。

「ごめんなさい。あたし、一人で勝手に」

「謝ることはないさ。うれしかったよ、きみが感じてくれたみたいで」

「来て、菅沼さん。今度はあなたが」

優実の言葉に、私は小さく首を横に振った。

「いいんだよ、俺のことは」

「あら、どうして？　あたしのことなんか、抱きたくなくなった？」

「そんなわけないだろう？　俺には夢みたいな話さ、きみを抱けるなんて」

「だったら抱いて」

「少し休んだほうがいいんじゃないか？　もともとここへは眠るために来たんだろう？」

私が言うと、優実はくすっと笑った。

「やさしいのね、菅沼さん。でも、大丈夫よ。あたし、もうすっかり元気になっちゃったみたい。あなたのおかげね」

「俺もだよ、優実さん。俺もなんだかすごく元気になれた気がする。眠気なんか、吹っ飛んじゃったな」

「それなら抱いてよ、菅沼さん。あたし、どうしても欲しくなったわ。あなたのこの硬いのが」

優実の右手が、私の股間にのびてきた。いきり立ったままの肉棒を、やんわりと握ってくる。

「いいのかい、ほんとに。会ったばかりの俺なんかと」

「いいに決まってるじゃないの。欲しいのよ。あたし、あなたが欲しい」

「ああ、優実さん」

思わず私は優実の唇を求めてしまった。拒絶されるかな、と危惧《きぐ》したが、それはなかった。二人の唇が、ぴったりと重なる。

私は舌を入れるつもりなどなかったが、優実のほうが舌をのばしてきた。こうなれば遠慮する必要はない。歯を割ってもぐり込んできた優実の舌に、私は自分の舌をからめた。ぴちゃぴちゃと淫猥な音をたてて、私たちは舌をからめ合う。

唇を放すと、優実は私の下半身方向へ体をずらした。もう一度、肉棒を口に含んでくれるつもりらしい。

私は優実のするままに任せていた。間もなく優実の朱唇の間に、屹立《きつりつ》したペニスが挟み込まれる。

「ううっ、優実さん」

快感に耐えながら、私は手をのばした。ちょうど手が届くところに、優実のお尻があった。量感たっぷりのお尻から、ふとももの上部にかけての部分を、陶然《とうぜん》となりながら撫《な》でまわす。

「ああん、駄目だわ。そんなふうにさわられたら、あたし、もう我慢できない」

間もなく優実は肉棒を解放した。私をあお向けにしたまま、腰のあたりにまたがってくる。

「いいでしょう？　あたしが上でも」

「あ、ああ、もちろん」

ベッドに膝をつき、優実は右手で肉棒を握った。そこに向かって、ゆっくりと秘部を押しつけてくる。

間もなく二人とも、びくんと体を震わせた。肉棒の先端が、優実の体に当たったのだ。亀頭の先に、私は確かに蜜液のぬめりを感じる。

「入れるわよ、菅沼さん。あなたのこれ、あたしの中に」

私がうなずくのとほぼ同時に、優実は腰を進めてきた。まず亀頭が淫裂を割り、続いて肉棒全体が、ずぶずぶと優実の肉洞に飲み込まれる。

私は両手をのばし、優実の乳房に手のひらをかぶせた。決して豊かなふくらみではなかったが、その柔らかさにはうっとりさせられた。こうしているだけでも、射精してしまいそうなほどの快感を覚える。

優実は両手で私の手首をつかんだ。それを支えにして、ゆっくりと腰を使いはじめた。

上下させるのではなく、前後に揺する感じになる。

肉洞に刻まれた肉襞に、私はいやというほどペニスをこすられた。一気に射精感が押し寄せてくる。

「た、たまらないよ、優実さん。俺、もう」

「いいわよ、菅沼さん。いつでも出して。あたし、感じたいわ。あなたの白いのが出てくるところ」

上気した顔で、優実はじっと私を見おろしてきた。

私も負けずに見つめ返した。優実へのいとおしさが、いっそうつのってくる。

優実は腰の動きにスピードを加えた。そのとき、私の頭にある考えが浮かんだ。

「左手だけ、放してくれないか、優実さん」

「えっ？　ええ、かまわないけど」

優実は私の右手首から左手を放し、両手で左手首をつかんだ。相変わらず腰の動きは止めていない。

自由になった右手を、私は下腹部におろした。

「少しだけのけぞってごらん」

私の言葉に、優実は素直に従った。その結果、密着していた二人の下腹部の間に、わずかながら隙間ができた。私はそこに手を突っ込み、親指の腹を秘唇の合わせ目にあてがった。硬化したクリトリスが、心地《ここち》よく当たってくる。

特に指を動かさなくても、優実が動くことで、指が肉芽を刺激する結果になった。優実が悩ましい声をあげはじめる。

「あぁっ、す、すごいわ、菅沼さん。あたし、おかしくなりそう」

「俺はもう駄目だ。きみにも気持ちよくなってもらいたいんだ。ううっ、できれば、お、俺と一緒に」

小さくうなずいた優実は、さらに腰の動きを速めた。

「だ、だ、駄目だ、優実さん。俺、もう」

「あたしもよ、菅沼さん。あたしもいっちゃう。ああっ」

がくん、がくんと上体を揺らして、優実が快感の極《きわ》みに駆けのぼった。遅れること数秒、私のペニスにも射精の脈動がはじまった。びくん、びくんと肉棒が震えるごとに、熱い欲望のエキスが優実の肉洞に向かってほとばしっていく。

「ああ、わかるわ、菅沼さん。出てる。あなたのが、いまあたしの中に出てる」

大きく上体をのけぞらせたあと、優実は私に体を預けてきた。下腹部から手を抜き、私は両手で優実を下から抱きしめる。

このまま二人で眠ってしまいたい。

一瞬ではあったが、私はそんなことを考えていた。こんな穏やかな気持ちになれたのは、ほんとうに久しぶりだったのだ。

それにしても、夢みたいだな。こんなきれいな女性を抱けるなんて。

優実を抱いたのだという事実に、私は新たな感動を覚えた。実際に、まだペニスは優実の肉洞にもぐり込んだままなのだ。

新たないとおしさを覚えながら、私はそっと優実の髪を撫で続けた。

＊

私と優実は重なったまま、ほんとうに十分ほど眠ったようだった。ほぼ同時に目を覚ますと、一緒になって笑った。

それから二人でシャワーを浴び、一時間半ほどでホテルを出てきた。

「ありがとう、菅沼さん。よかったわ、あなたに出会えて」

「それは俺のせりふだよ。もやもやが吹っ飛んだ気がするな」

「あたしもよ。吹っ切れたわ、彼のこと。なんか利用しちゃったみたいで、菅沼さんには悪いけど」

「とんでもない。うれしいよ、役に立てたんなら。ほんとにありがとう」

もう一度、しっかりと抱き合ってから、私の頬に軽く唇を押し当て、彼女は背を向けて去っていった。携帯電話の番号を教え合うようなこともなかった。

また会ってみたいという気持ちが、なかったわけではない。しかし、これでいいのだという思いのほうが強かった。

つらくなったら牛丼屋へ行って、牛すき鍋定食でも食べてみよう。そうすれば、また彼女に会えるかもしれない。

こみあげてくる笑いをこらえ、信じられないほど軽い気持ちで、私は歩きだした。

〈初出一覧〉

女教師の秘蜜　睦月影郎　『小説NON』二〇〇七年十一月号
同じ部屋　橘真児　『小説NON』二〇〇八年二月号
少女の微熱　菅野温子　『小説NON』二〇〇六年八月号
嵌ったデパートガール　神子清光　『小説CLUB DX』二〇〇三年二月
白肌のアルバム　渡辺やよい　『小説NON』二〇〇七年六月号
視線熱　八神淳一　『小説NON』二〇〇六年十月号
姫始めは晴着で　霧原一輝　『小説NON』二〇〇八年一月号
人妻店長の目覚め　真島雄二　書下ろし
牛すき鍋定食　牧村僚　『小説NON』二〇〇七年十二月号

秘戯X

一〇〇字書評

切り取り線

購買動機（新聞、雑誌名を記入するか、あるいは○をつけてください）	
□（　　　　　　　）の広告を見て	
□（　　　　　　　）の書評を見て	
□ 知人のすすめで	□ タイトルに惹かれて
□ カバーがよかったから	□ 内容が面白そうだから
□ 好きな作家だから	□ 好きな分野の本だから

●本書で最も面白かった作品名をお書きください

●あなたのお好きな作家名をお書きください

●その他、ご要望がありましたらお書きください

住所	〒				
氏名		職業		年齢	
Eメール	※携帯には配信できません	新刊情報等のメール配信を希望する・しない			

あなたにお願い

この本の感想を、編集部までお寄せいただけたらありがたく存じます。今後の企画の参考にさせていただきます。Eメールでも結構です。

いただいた「一〇〇字書評」は、新聞・雑誌等に紹介させていただくことがあります。その場合はお礼として特製図書カードを差し上げます。

前ページの原稿用紙に書評をお書きの上、切り取り、左記までお送り下さい。宛先の住所は不要です。

なお、ご記入いただいたお名前、ご住所等は、書評紹介の事前了解、謝礼のお届けのためだけに利用し、そのほかの目的のために利用することはありません。またそのデータを六カ月を超えて保管することもありませんので、ご安心ください。

〒一〇一―八七〇一
祥伝社文庫編集長　加藤　淳
〇三（三二六五）二〇八〇
bunko@shodensha.co.jp

祥伝社文庫

上質のエンターテインメントを！　珠玉のエスプリを！

祥伝社文庫は創刊15周年を迎える2000年を機に、ここに新たな宣言をいたします。いつの世にも変わらない価値観、つまり「豊かな心」「深い知恵」「大きな楽しみ」に満ちた作品を厳選し、次代を拓く書下ろし作品を大胆に起用し、読者の皆様の心に響く文庫を目指します。どうぞご意見、ご希望を編集部までお寄せくださるよう、お願いいたします。

2000年1月1日　　祥伝社文庫編集部

秘戯《ひぎ》 X《エックス》　官能アンソロジー

平成20年3月20日　初版第1刷発行
平成20年4月25日　第2刷発行

著者　睦月影郎《むつきかげろう》・橘《たちばな》 真児《しんじ》
菅野温子《すがのあつこ》・神子清光《かみこせいこう》
渡辺《わたなべ》やよい・八神淳一《やがみじゅんいち》
霧原一輝《きりはらかずき》・真島雄二《ましまゆうじ》
牧村《まきむら》 僚《りょう》

発行者　深澤健一
発行所　祥《しょう》 伝《でん》 社《しゃ》
東京都千代田区神田神保町3-6-5
九段尚学ビル　〒101-8701
☎ 03(3265)2081(販売部)
☎ 03(3265)2080(編集部)
☎ 03(3265)3622(業務部)

印刷所
製本所　図書印刷

造本には十分注意しておりますが、万一、落丁、乱丁などの不良品がありましたら、「業務部」あてにお送り下さい。送料小社負担にてお取り替えいたします。

Printed in Japan

© 2008, Kagerō Mutsuki, Shinji Tachibana, Atsuko Sugano, Seikō Kamiko, Yayoi Watanabe, Junichi Yagami, Kazuki Kirihara, Yūji Mashima, Ryō Makimura

ISBN978-4-396-33418-5　C0193

祥伝社のホームページ http://www.shodensha.co.jp/

祥伝社文庫

睦月影郎　うたかた絵巻

医者志願の竜介が救った美少女お美和には不思議な力が。竜介は思いもしない淫らで奇妙な体験を……

睦月影郎　うれどき絵巻

義姉の呻き声を聞きつけた重五は、ぎょっとした。病身のはずの正恵が寝間着の胸元をはだけていたのだ…。

睦月影郎　ほてり草子

貧乏御家人の次男・光二郎は緊張した。淫気抑えがたく夜鷹が徘徊する場所にきたのだが…。

藍川　京　蜜の惑い

男に金を騙し取られイメクラで働く人妻真希。欲望を満たすために騙し合う女と男のあまりにもみだらなエロス集

藍川　京　蜜猫

妖艶、豊満、キュート。女の魅力を武器に詐欺師たちを罠に嵌める、痛快にしてエロス充満の長編官能ロマン

藍川　京　蜜追い人

伸子《のぶこ》は夫の浮気現場を監視する部屋を借りに不動産屋へ。そこで知り合う剣持《けんもち》遊也《ゆうや》。彼女は「快楽の天国」を知る事に…。

祥伝社文庫

牧村 僚 フーゾク探偵《デカ》

新宿で起きた風俗嬢連続殺人事件。容疑者にされた伝説のポン引き・リュウは犯人捜しに乗り出すが……

草凪 優 みせてあげる

「ふつうの女の子みたいに抱かれてみたかったの」と踊り子の由衣。翌日から秋幸のストリップ小屋通いが。

草凪 優 色街そだち

単身上京した十七歳の正道が出会った性の目覚めの数々。暮れゆく昭和を舞台に俊英が叙情味豊かに描く。

草凪 優 年上の女《ひと》

「わたし、普段はこんなことする女じゃないのよ…」道端で酔いつぶれていた奈津実は、僕の運命の女だった…

黒沢美貴 ヴァージン・マリア

奔放な男性遍歴を重ねる姉・夏美と男性恐怖症の冬花。偶然、有名美容整形外科にまつわる性犯罪を知って…。

安達 瑶 ざ・だぶる

一本のフィルムの修正依頼から壮絶なチェイスが始まる！　男は、愛する女のためにどこまで闘えるか!?

祥伝社文庫

睦月影郎　はじらい曼陀羅

若き藩医・玄馬の前に藩主の正室・賀《か》絵《え》の白い肌が。健康状態を知るためと言い聞かせ心の臓に耳をあてると…。

睦月影郎　ふしだら曼陀羅

恩ある主を失った摺物師藤介。主の未亡人が、夜毎、藤介の寝床へ。濃密な手解きに、思わず藤介は…。

睦月影郎　あやかし絵巻

旗本次男坊・巽孝二郎が出会った娘・白粉小町の言葉通りに行動すると、欲望が現実に…。小町の素顔とは？

睦月影郎　うたかた絵巻

医者志願の竜介が救った美少女お美和には不思議な力が。竜介は思いもしない淫らで奇妙な体験を……

睦月影郎　うれどき絵巻

義姉の呻き声を聞きつけた重五は、ぎょっとした。病身のはずの正恵が寝間着の胸元をはだけていたのだ…。

睦月影郎　ほてり草子

貧乏御家人の次男・光二郎は緊張した。淫気抑えがたく夜鷹が徘徊する場所にきたのだが…。

祥伝社文庫

藍川 京　蜜《みつ》化《げ》粧《しょう》

憎しみを抱いた男の後妻に心を奪われた画商・成瀬一磨。その美しくも妖しい姿態の乱れる様を覗き見たとき……

藍川 京　蜜の惑い

男に金を騙し取られイメクラで働く人妻真希。欲望を満たすために騙し合う女と男のあまりにもみだらなエロス集

藍川 京　蜜猫

妖艶、豊満、キュート。女の魅力を武器に詐欺師たちを罠に嵌める、痛快にしてエロス充満の長編官能ロマン

牧村 僚　フーゾク探偵《デカ》

新宿で起きた風俗嬢連続殺人事件。容疑者にされた伝説のポン引き・リュウは犯人捜しに乗り出すが……

草凪 優　誘惑させて

不動産屋の平社員からキャバクラの店長に抜擢されて困惑する悠平。初日に十九歳の奈月から誘惑され……。

草凪 優　みせてあげる

「ふつうの女の子みたいに抱かれてみたかったの」と踊り子の由衣。翌日から秋幸のストリップ小屋通いが。

祥伝社文庫

草凪 優 **色街そだち**

単身上京した十七歳の正道が出会った性の目覚めの数々。暮れゆく昭和を舞台に俊英が叙情味豊かに描く。

草凪 優 **年上の女《ひと》**

「わたし、普段はこんなことする女じゃないのよ…」道端で酔いつぶれていた奈津実は、僕の運命の女だった…

黒沢美貴 **ヴァージン・マリア**

奔放な男性遍歴を重ねる姉・夏美と男性恐怖症の冬花。偶然、有名美容整形外科にまつわる性犯罪を知って…。

柊《ひいらぎ》まゆみ **人妻みちこの選択**

守るべき家庭と恋の狭間に揺れる人妻の心理と性を余すことなく描く。大型新人人妻官能作家、登場！

安達 瑶 **ざ・だぶる**

一本のフィルムの修正依頼から壮絶なチェイスが始まる！ 男は、愛する女のためにどこまで闘えるか!?

安達 瑶 **ざ・とりぷる**

可憐な美少女を巡る悪の組織との戦いは、総理候補も巻込み激しいチェイスに。エロス＋サスペンスの傑作